U0113153

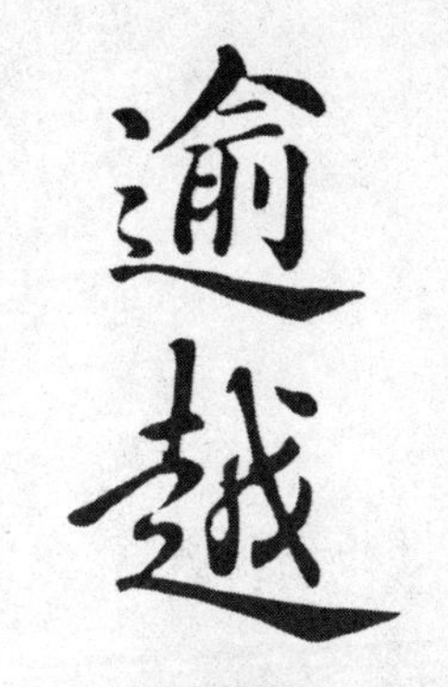

台湾跨界诗歌选

徐　学
杨宗翰　主编

海风出版社
HAIFENG PUBLISHING HOUSE

序

徐 学

以汉字为象征为核心的华夏文化从来有一种传统：文学创作以载道者为贵。载道者岸然、正襟危坐的操作态度本能且无需理由地不喜欢创作中的从容嬉戏逾墙越境；载道者理性而拘泥，更尊崇文字而轻慢乃至忽视文字之外的其他艺术符号（线条、色彩、声音），因为文字在意义的传达上比起其他符号定义更明确，歧义较少。所以，在文以载道的传统中，文胜于诗，诗胜于词，文圣、诗圣的地位又远远高于乐圣、画圣……

以汉字为象征为核心的华夏文化从来也有另一种传统，认为文学可以是逍遥心灵的放旷不羁，认为文字作为一种知觉符号在传情达意时不如视觉符号。因为知道“书不尽言，言不尽意”，《易经》采用卦爻方式“立象尽意”。（奇怪的是朱夫子在注《易经》时也说“言之所传者浅，象之所示者深。”）还有《毛诗序》云，“言之不足故嗟叹之，嗟叹之不足故咏歌之，咏歌之不足，不知手之舞之足之蹈之。”用递进的方式暗示我们嗟叹、咏歌和舞蹈传情功能超出语言。美学家庄子更明确地提倡“得意忘言”。他说：“语之所贵者意也，意之所随者，不可以言传也。”（《天道》）他注重的是内在性灵的呈现，生怕文采遮蔽了真实意念。

本书的诗作是对第一种传统的背离和挑战，也是对第二种传统的承传与延伸。作者并不一定有这般体认，他们大步跨越的动机也许更多的出于挣脱现代诗坛的窘境，而非古代传统的召唤。

现代诗坛的窘困来自方方面面。最直接的，我以为是现代汉语的疲弱。

汉字始于象形，随着社会生活的变化，渐渐脱离了形象母体，成为与表音文字相类的语言符号。尤其在古汉语转变为现代汉语之后，汉字的形象功能更加萎缩（除书法家，大部分人看到“美”不会想到“羊大为美”，看到“好”也不会有“女子为好”的联想），而逻辑功能得到加强，由于现代汉语的固定化，双音节词的增多，它比起古汉语，更加统一规范，但也失却了许多诗性；现代汉语有利于概念的传达，却抑制了文学创造力（当今桐城诗人陈先发曾经用统计员的精确口吻说过，四个现代汉字所蕴藏的生命能量仅仅等于一个古汉字）。

和千百年前一样，当今一位诗人，当他有特定的强烈的情感要传达时，他的心理和生理依然会产生一种相应的姿态。而当他发现现代汉语越来越不足或者根本无法表达这姿态时，诗人势必要去寻找新的语汇：色彩的语汇、肢体的语汇、节拍的语汇以及综合现代科学和艺术的语汇。

从本书中，我们可以看到这种新的语汇的实践与实验。我们早已了解，高妙的文字，可以是一种知觉意象，给予读者一种暗示，可以调动读者的视觉、听觉甚至通感。但我们通过这本诗集乃至这群诗人的多年的开拓，可以更深入地触及另一种新的语汇，它几乎可以说是一种视觉意象，比起知觉意象，它呈现出二维度、三维度乃至多维度的空间，它的开拓，不仅在感觉，也在思维，更开拓了读者参与的深广度，且与兴起的网路相呼应。限于篇幅，此处不一一指证，读者读后自然有得于心。

这种新的语汇的追寻和实验，在台湾以及它所辐射的汉诗创作圈中已近半个世纪。半世纪，对于诗人，已是漫长；对于诗史，似嫌太短。唐诗分初盛中晚，欧洲有古典浪漫现实各种主义，都无法在半世纪中足以独立完备。因此，对于“跨界诗”今生后世，兴盛存亡，我也不敢遽下断语，但作为一种饶有意味的创意，相信一定会得到爱诗人的关注，是为序。

2011年9月于厦大敬贤楼

逾越的愉悦

半世纪来第一本《台湾跨界诗歌选》

杨宗翰

若从林亨泰、詹冰的图象诗算起，台湾跨界诗创作开展迄今已逾半世纪。起步虽早，但最精彩的表现应属1980年代以降的跨界创意："诗人画会上街展"（1983）、"视觉诗十人展"（1986）、"诗的声光"（1986起持续多年）……诗作纷纷跃出纸面，从躺着变成站着。1990年代后期白灵、大蒙、德亮、须文蔚、杜十三承其余续，成立"全方位艺术家联盟"，诗从站着变成奔跑，一不小心就跑到了各文类的界线。

文类界线有何作用？一是供读者参考，二是让作者跨越——于是2005年起，林德俊、林群盛、许赫等人组成的"玩诗合作社"筹划了一连串"诗游戏"与"诗行动"，既要挑战旧有之文类疆界，也欲打破非文学（实用）/文学（无用）的对立思维。活动策划人林德俊在商业性最强的《苹果日报》上付费刊登诗广告，邀请一群诗人用诗占领广告版面，乃至煞有其事地"诚征诗人"、"寻找诗踪"。诗广告挑战了作者的创意因子、读者的阅读习性，也挑战了媒体的辨诗能力：像这句“亲爱的，请来、请来殖民我”（刘哲廷《空虚先生售屋》），差点被《苹果日报》怀疑为色情广告而拒刊。《苹果日报》分类广告竟遭当代诗人“苹果日爆”，无怪乎媒体记者争相报道此一诗之逆袭（按：二十年前胡宝林视觉诗《一则分类小广告》即有同样构想，但被报社广告部门无情拒绝）。从2009年“行诗走肉团”街头广发诗传单跟陌生路人擦撞、《联合副刊》经营有成的“联副文学游艺场”、台北诗歌节的影像诗创作……看来诗之逆袭显然尚在延续。

诗/画/影/剧/声/光，六者间的暧昧模糊、融合交媾，既构成了作者的挑战，亦扩展了读者的想象。诗从文字形式推进到行动层次，半世纪来已创造出新的传统，一个应命名为台湾“跨界诗”或“跨界诗歌”的新传统。所谓“跨界诗歌”是指：超出纯文字表现形式之诗歌作品，向其他文类或艺术类型乃至生活范畴跨界之诗作。举凡图象诗、小说诗、歌诗或诗意歌词、演诗或诗剧、视觉诗、物件诗、装置诗、数位诗、影像诗、行动诗与诗行动……以上皆属跨界诗歌作品。为了集体展示半世纪来台湾跨界诗的成绩，笔者与厦门的徐学教授合作编选出这本《逾越：台湾跨界诗歌选》。经与颜艾琳、陈静玮、林德俊三位编辑顾问磋商，最终决定书中不分世代或诗龄，仅依姓氏笔画排序，依次收录大蒙、白灵、叶觅觅、陈克华、苏绍连、张国治、林焕彰、林群盛、林德俊、崔香兰、鸿鸿、游书珣、路寒袖、管管、颜艾琳、德亮的作品。这十六位诗人，加上未蒙同意或无法联系的杜十三、夏宇、陈黎、刘亮延，正是编者心目中"半世纪台湾跨界诗歌"的正典名单。在没有更好的选择之前，这些跨界诗歌只能以纸本（实体书）出版的方式呈现；至于无法以文字再现的"诗行动"与"诗影像"，就暂存在YouTube（一个可供网民上载观看及分享短片的网站）之海中供捕捞搜寻与自由分享。编者也期待有更多"数位诗集"诞生，方可承载未来跨界/数位诗歌创作的种种可能。

自从2007年Amazon（亚马逊网）推出电子书阅读器——Kindle后，电子书、电子纸张等消费性电子产品迈向高度成长阶段。随着"硬件"变革更新，"文学"亦产生了新的可能性。台湾身为全球最大的电子纸张制造地区，本具有发展数位阅读产业的绝佳条件。随着近年读者消费习惯的明显改变，台湾出版业者也开始投入并经营电子书与数位阅读平台。值得注意的是：早期将纸本内容扫描为PDF（便携文件格式）档案即被称为"电子书"；今日的"电子书"或"加值型电子书"却以更丰富的数位界面设计与服务取胜，让阅读一本书不再只能用眼看或用心读，而是各种感觉的交错，并加入了强大的社群及互动功能。虽然有硬件发展优势，但无须讳言，台湾的数位出版囿于规模及收益有限，迄今尚未成熟。与其他地区相较，此点更为明显。张崇仁主编之《99年图书出版产业调查报告》（2011）便指出：中国大陆民众数字化阅读不断成长，手机阅读比例已达到23%，充分展现数位阅读在该地市场的潜力；2010年美国图书出版产业净收入为279亿美元，其中实体销售金额为244.3亿美元，电子书总销售金额为35亿美元，占整体市场12.6%，显示电子书市场仍在持续成长；2010年度日本电子书的市场规模已达670亿日元，预计2014年电子书市场规模将超过1 500亿日元。而观察台湾地区出版业的收入来源，在比例上，纸本书贩售依然是出版业者主要收入来源（占90.1%），来自数位出版品的收入仍非常微小，只占整体收入的1.4%，显示台湾数位出版内容市场仍有待耕耘。且据调查，在台湾有出版电子书的业者中，其数位出版品格式以PDF居多，占73.2%，远高过ePub（一种自由开放的阅读标准）和Flash（交互式矢量图和网页动画标准）的总和。可惜PDF档案只是从纸本书过渡到电子书间的权宜之计，无法为数位科技所能提供的特殊阅读体验提供多少“加分”。PDF格式毕竟离声色光影、感觉交错或感应互动……都太遥远了。

上述之数位硬件（如电子书、电子纸张）的发展与数位内容（如数位诗作、数位诗集）的贫瘠，其间落差确实值得深思。无论如何，数位时代的来临，让“关于诗的创意”变得更容易具体实现及快速传播，并大幅增加了社群集体创作的可行性。当适合阅读体验的数位诗作与诗集真正大量出现时，声光、影音、互动、连结等各种技术将成为常态，并融合为台湾新诗创作的一部分。既然身处数位时代，评论者就应该关注数位科技的发达对诗人本身、诗作内容及表达方式产生了什么影响，并提出相应的评论对策。

《逾越：台湾跨界诗歌选》的面世，见证了诗人如何果敢地逾越了诗的边界，并替读者创造出愉悦的阅读体验。在逾越与愉悦之间，且看当代诗人如何在数位云端继续驰骋，以创意挑战既有边界，用诗跟整个时代抗颉。

——本文刊于2012年4月台湾《文讯杂志》

目录

目录

[一 生]

◎大 蒙

第一次哭泣
婴儿认识了朦胧的自己
第一次吸吮
母亲递出乳香和体温
红日升起自揭开的帷幕
满天爆裂的掌声

第一次上学
在高峰的起点刚要攀越
第一次求职
用文明的工具开始觅食
既然参与，应该全程扮演
如有热泪，就留给昨天

第一次恋爱
紧锁的心房呀然打开
第一次接吻
空冷胸臆闯入击鼓的人
期待一个专属的舞伴
我们在地球上旋转，旋转

第一次罹患绝症
预约了另一个旅程
第一次停止呼吸
（也是最后一次啊）
留不下一个叹息
舞台高潮后空荡而静寂
我们越奋力就越是沮丧
哀伤，留在别人身上

迷宫一生图稿

作品的形成

1/ 先是有了一首诗，诗名《一生》，发表于诗刊，诗静静地躺在书页上。

2/ 2000年参加《跨世纪多元艺术互动展》，我将此诗做成四幅海报，另有音乐家吕道详先生将此诗谱成曲，由李仪小姐现场演唱，诗仿佛站立了起来。

3/ 2004年诗歌展我用原有的素材、画面和歌曲，将它做成Flash动画，这诗更像是已经跳起舞来了。

4/ 2006年参加玩诗合作社“框”诗物件展，我将原诗《一生》做成图形的迷宫，铺置于地上，并将动画和声音投影在墙面，邀请参观的来宾亲自体验迷宫的行走，一边行进一边读诗，沉浸人生道路的悲欢，这首诗开始加入了舞伴。

[迷走一生]

◎大 蒙

人生是迷走的过程。出生是起点，死亡是终点；直行是顺境，转折是风险。每一个抉择也许犹豫，也许认命；每一段足迹可能懊悔，可能庆幸。前程总在曲折蜿蜒、视线不及的远处。而我们注定在风雨里独自前行。

让我们把人生的歌唱个两遍，让我们交换不同心情走完自己唯一一次的人生。

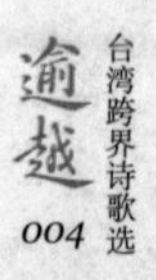

人生是游走迷宫的过程

迷宫有两种

其一，有“入口”及“出口”二端。自入口走进，不断遭遇岔路，只有一条路线通往出口，行者必须不停抉择，不停修正，避免困陷迷宫，寻不着出路。

其二，有“起点”和“终点”二端。自起点进入后，只有唯一的道路通往终点，不过道路迂回、蜿蜒，行者必须不断转弯、绕道才能走完全程。人生的道路要走得圆满，必须走遍每一段时间和空间，终点一定等在那里，终点什么也没有，过程才是生命的本质。

汉字写诗占了方块排列的便宜，多出造型上特殊的诠释空间，将诗意结合美术，相辅相成激荡新的创意，不亦乐乎。

迷宫一生展场

毛毛虫儿童哲学基金会体验

[诗歌象棋：言与心的战争]

◎林德俊

创作概念

诗言志，诗歌乃心志之通道，“言”与“心”总是处在彼此寻觅、相互追捕的永恒循环之中，每一子之步伐路径、领地范畴，了无限制亦难能限制。当每一言每一心相伴相依，暂时定格，可谓理想和局之一种。这是一个以和局为目标之游戏，双方不以侵吞、虏获对方之棋子为乐。对弈乃寓教于乐之心智养成所，岂可暗藏战争与毁灭！

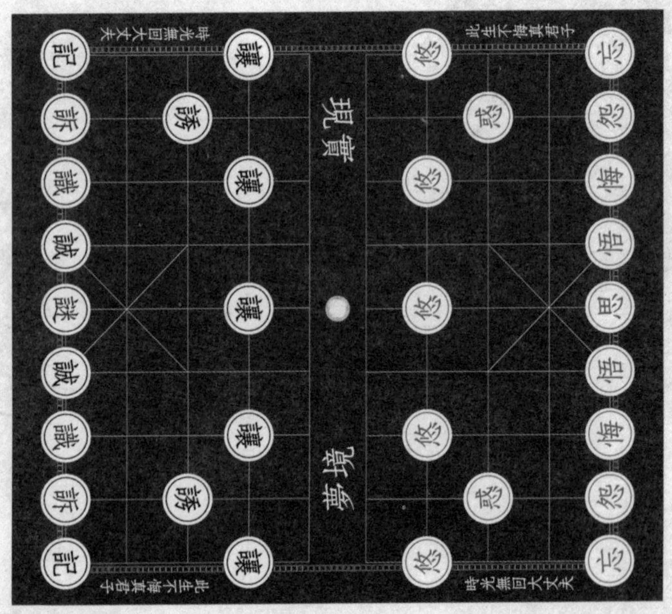

诗歌象棋 言与心的战争

[说明书]

游戏规则1

可两人对弈，亦可一人分饰两角。

梦境、现实一边一角，言棋（墨黑字者）、心棋（鲜红字者）各据一方，两方棋手任意罗列起始布局，唯尚不得跨越边界。

棋局开始，双方始得越界，每一子地位平等，双方无一子可吃掉对方任一子，每一子走法皆可直行或横行、前进或后退，唯一方一回合只能移动一只棋子，一次可一步亦可多步，若前无阻挡棋子则大可畅行多步。

当每一个言字旁之棋子，都能找到一个心部首之棋子相邻时，便可达和局，经双方共同认定为终局后，便完成了一幅诗歌象棋之造境。

游戏规则2

请自己想一套玩法。或由对弈双方共同研拟新规则。

[由黑翻红]

◎张国治

红为颜色之首
彩虹顶上环

黑为无彩色
是顿入虚无、永恒
那一片空空呐喊

红跳入了黑，如光
启开了世界门户
红是生命的源头
由黑翻红
是生命苏醒的期待

五月
面对液晶压缩的一片红通通
这闪烁升降不已的渴望
颤颤跳动不已
我们放一把心中的火焰
在荒芜中燎原

收录于《张国治2009年摄影个展—由黑翻红》摄影集自序

張國治
Kuo-chih Chang
2009攝影個展
Photography Solo Exhibition 2009
由 黑 翻 紅
From Darkness To Flush
展覽日期：2009.6/15(一)—7/3(五)
展覽地點：龍華科技大學藝文中心
開幕茶會：2009.6.19(五)PM2:30
地　　址：桃園縣龜山鄉萬壽路一段300號
開放時間：週一至週五上午9點到下午5點
聯絡電話：(02)-82093211分機6770

[春天的诗]

◎张国治

星座争执的夜晚
簇涌的桃紫色玫瑰
忍不住自镶绢床褥
悠悠醒来
吐纳着诱人异香

月光来临时
一团模糊血肉的艳红
急促的
爆裂
泼洒成春天狂野的图腾

本段选自张国治《春天的诗》其中一段
《张国治2011年摄影个展—艺·百年红》海报题诗

星座爭執的夜晚
淺濺的桃紫色玫瑰
忍不住自讓絹床褥
悠悠醒來
吐納著誘人異香

月光來臨時
一團模糊血肉的豔紅
急促的
爆裂
潑灑成春天狂野的圖騰

—— 張國治〈春天的詩〉

張國治 Kuo-chih Chang
2011年攝影個展
藝·百年紅
展覽日期 2011年5月21日~6月2日
展覽時間 星期一~日10：00 ~18：00
展覽地點 爵士攝影藝廊/台北市八德路二段433號2樓
開幕茶會 2011年5月21日(六)15:00PM
展覽資訊 http://gallery.jazzimage.com.tw/

[当红]

◎张国治

此刻，三月暮春
端坐明室遗韵的春光一角
南方风暴远离雪霁停歇，冬意尚留

四月将至，艾略特说：
四月是残酷的季节

然而，春冰薄履
当下时空广场，樱花绽放
春意喧闹是应当红的

《张国治2008摄影个展—当红》展览海报题诗

此刻，三月暮春
端坐明室遺韻的春光一角
南方風暴遠離雪霽停歇，冬意尚留
四月將至，艾略特說：
四月是殘酷的季節
然而，春冰薄履
當下時空廣場，櫻花綻放
春意喧鬧是應當紅的

張國治詩作—〈當紅〉

張國治

Kuo-chih Chang

2008攝影個展｜當紅｜

Photography Solo Exhibition 2008—Seize the "Red" moment

林群盛:跨界诗展布景

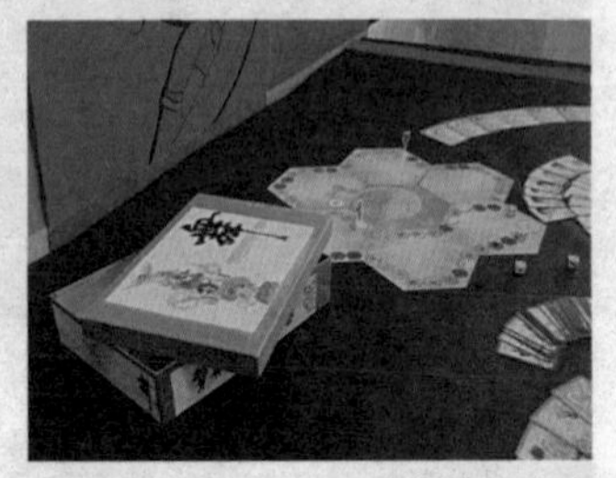

诗集特典游戏

[有一朵云]

——2010写在新疆

◎陈克华

有一朵云

让我走向那一朵云的下方
扎营凿井
以影子为界
筑篱做我的家园
篱外四下阳光猛烈
浇灌龟裂如焚的记忆沙漠
一旦踏入，从没有人回来
或回头过
的那片沙漠

歌

那时 沙漠的空气中有一首歌
一道隐隐约约的湿气
透明的歌词
拂过涌出泪泉的眼
便有百花齐绽
沿着骆驼渴死前的足迹
唱出告别昨日的挽歌

花儿为何那样红

但没有人告诉我
所有的盛开都是因为血
必须是青春的血液
每年春天从高山上溶化
流入每个儿子娃娃*的血脉里
无论在猎弓高举 或琴弦紧绷的白昼
还是在热唇熟睡 而盟誓萌芽的黑夜

沙漠的那头

而说好了我将与你相遇
且带着一个天使般的弟弟
和万贯家财 葡萄枝与大枣
跟在你的马车后头
往沙漠的那头
从来没有人回来
或回头过
的那片沙漠 那头

2010/8/24

注：儿子娃娃——新疆语，英雄好汉之意

[日头团团转]

◎管　管

很多和尚去朝山
头上的日头团团转
转的香客花了眼
阿弥陀佛忘了念

大　蒙

读的是戏剧系，从事美术设计工作，曾获第20届“时报文学奖”之新诗评审奖。与德亮、白灵、侯吉谅、须文蔚、杜十三等人皆为“全方位艺术家联盟”成员。

[羡慕一朵云]

◎大 蒙

车流切割街道
霓虹招惹夜空
都市月色泛露浅浅的倦容
每一格发亮的小窗
上演着悲欢的岁月
潦草的云啊
你是偶而飘过的无心观众

以冷眼忽略闹剧的笑点
以远观疏离悲剧的伤痛
视而不见
名利和物欲在杯盏间交换
情色和脂香在床第间横游
漠不关心
痴愚的爱情
有的刚刚酝酿
有的忽已成空

我不挂碍这个世界
想学你潇洒的放空
绕过每天的夕阳

两颊不留半丝残红

我要学习真正的流浪
须先学你不告而别

永不交代行踪 反正
每一个明天总在太阳以东

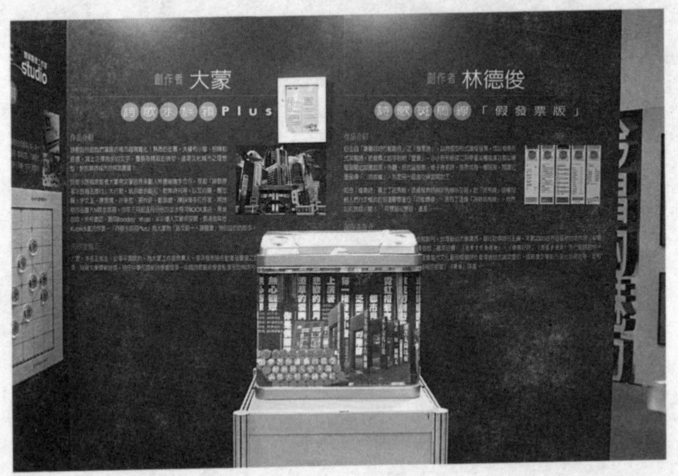

语文创意 水族箱展场

语文创意 水族箱图稿

[创意折叠]

◎大 蒙

白　灵

本名庄祖煌，原籍福建惠安，生于台北万华。现任台北科技大学副教授、台湾“年度诗选”编委。担任过《台湾诗学》季刊主编。作品曾获中山文艺奖、台湾文艺奖等十余种奖项。出版有诗集《五行诗及其手稿》、《昨日之肉：金门马祖绿岛及其他》、《女人与玻璃的几种关系》等多部，及诗论集五种、童诗集两种、散文集三种。编有《中华现代文学大系》诗卷等十余种诗选。建置有“白灵文学船”等九种网页。

[《安全士官守则》变奏曲]

◎白 灵

月亮女王　一、负责营舍安全。

萤火虫塞住枪口　二、监督械弹管制。

拉链拉起裤裆　三、严密水电管制。

鞋子们排在床前　四、检查就寝人数。

狗吠声到远方去　五、巡视卫哨勤务。

蟑螂威风于墙头　六、注意可疑人物。

小鸟点在电线杆上　七、接听战勤电话。

地雷永远会自动　八、反应紧急事故。

但有谁可以　九、禁止老兵半夜叫新兵。

候鸟们嗅着神秘虚线正　十、循战情系统回报。

2005年

[流动的脸]

◎白 灵

没有固定的脸，从出生就不知自己确切的模样，我的速度即是云的速度。日月山说从我脸上可以看到他自己，巴燕峡、扎马隆峡和老鸦峡也这样说，金刚崖寺的塔尖倒在我脸上只不过一千年罢了。

昨日来过的藏女又到我脸颊边来照亮她自己了，她的祖母也是，她祖母的祖母也是。牦牛们也来啃我的脸了，我突然由一双它们的眼珠子看到自己的一点点影子，真的只有芝麻般一点点脸皮，不断闪动的一点点脸皮，我真的没有固定的脸吗?

我也想去藏民们口中的塔尔寺匍匐参拜，叩头十万次，虽然他比我年轻太多太多了，我，应该有几千还是几万年那么老了吧。但即使我把我自己撞得鼻青脸肿，从额头到脸颊到下巴拉长了几百公里那么远，甚至变形到不行，依然无法看见他的大小金顶。

匍匐去参拜了一年的老藏民回来了，蹲在我身边，用我的脸来洗他的脸，我跳跃着流过他的眼睛，终于也看到，他眼珠中还没熄灭的大小金顶。

我满足地放他离去，继续以云的速度向远方奔去，继续流动我的脸，成为一条在风中漂泊的哈达。

我没有固定的脸。我是湟水。

刊于2009年12月《创世纪诗》杂志第161期

注：湟水，在青海省境内，黄河上游最大的一条支流。

[911]

◎白 灵

眾人停止在此　夕夕夕夕夕夕歹歹歹歹歹歹歹歹歹歹歹歹歹殆殆殆殆殆殆殆殆殆殆殆

火停止　夕夕夕夕夕夕夕歹歹歹歹歹歹歹歹歹歹歹殆殆殆殆殆殆殆殆殆殆殆殆殆殆殆殆殆殆

煙停止　夕夕夕夕夕夕夕夕歹歹歹歹歹歹歹歹歹殆殆殆殆殆殆殆殆殆殆殆殆殆殆殆殆

灰停止　夕夕夕夕夕夕夕夕歹歹歹歹歹歹歹歹歹歹殆殆殆殆殆殆殆殆殆殆殆殆殆殆殆殆殆殆殆

愛停止　恨停止　夕夕夕夕夕夕夕夕夕歹歹歹歹歹歹歹歹歹殆殆殆殆殆殆殆殆殆殆殆殆殆殆殆殆

喜停止　愁停止　夕夕夕夕夕夕歹歹歹歹歹歹歹歹殆殆殆殆殆殆殆殆殆殆

在耶和華與阿拉　夕夕夕夕夕夕歹歹歹歹歹歹歹歹殆殆殆殆殆殆殆殆殆殆殆殆殆殆

以刀以槍爭辯千年以聖以魔將歷史炸成轟隆的灰燼聲中　殆殆殆殆殆殆殆殆

佛陀如是說：　夕夕夕夕夕夕歹歹歹歹歹歹歹歹殆殆殆殆殆殆殆殆殆殆殆殆殆殆殆殆

不空不色不色不空　夕夕夕夕夕夕歹歹歹歹歹歹歹歹殆殆殆殆殆殆殆

無你無他非他非你　夕夕夕夕夕夕歹歹歹歹歹歹歹歹殆殆殆殆殆殆殆殆殆殆殆殆殆殆殆

你是他是他非你非　夕夕夕夕夕夕歹歹歹歹歹歹歹歹殆殆殆殆殆殆殆殆殆殆殆

夕暉不過稍遲於落日　夕夕夕夕夕夕歹歹歹歹歹歹歹歹殆殆殆殆殆殆殆殆殆殆殆殆殆

此刻且聽——　夕夕夕夕歹歹歹歹歹殆殆殆殆殆殆殆殆殆殆殆殆殆殆殆

暮鼓一記記釘住黑夜的邊　夕夕夕夕歹歹歹歹歹歹歹殆殆殆殆殆

一面穢道

一面瘋狂

工作的

紐約工人

立即以大哥大

叩應非也是怪

手一臂又一臂

挖開茫茫黑夜

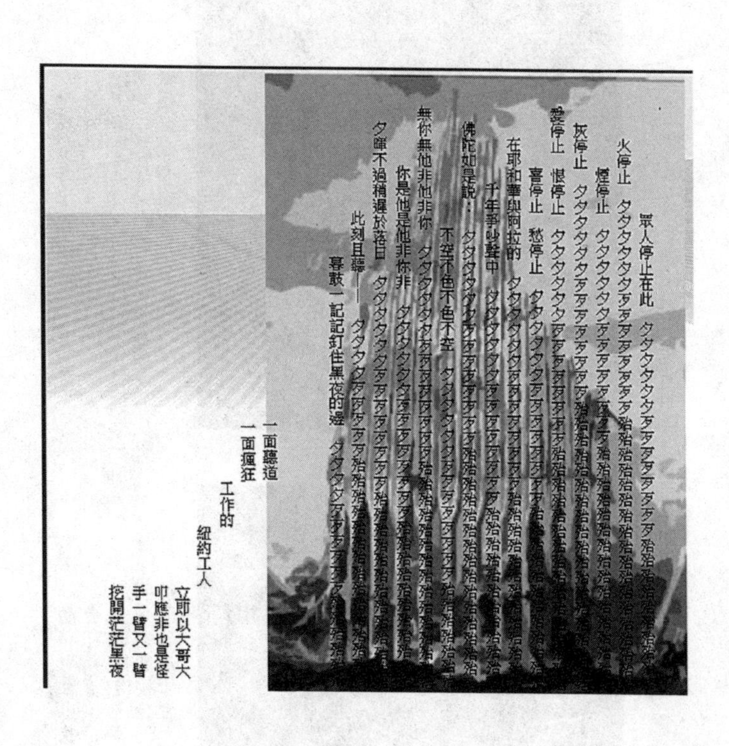

刊于2001年10月9日《联合报》副刊

[吉他]

◎白灵

说明：
图中凡会动的，均可移动鼠标；请耐心按键，直至吉他长（ㄓㄤˇ）脚、长尾、长毛为止。

图一

说明：
图中凡会动的，均可移动鼠标；请耐心按键，直至吉他长（ㄓㄤˇ）脚、长尾、长毛为止。

图二

说明：
图中凡会动的，均可移动鼠标；请耐心按键，直至吉他长（ㄓㄤˇ）脚、长尾、长毛为止。

图三

说明：
图中凡会动的，均可移动鼠标；请耐心按键，直至吉他长（ㄓㄤˇ）脚、长尾、长毛为止。

图四

「星球出发前都必须打扫，你看过肮脏的露珠吗」

◎白灵

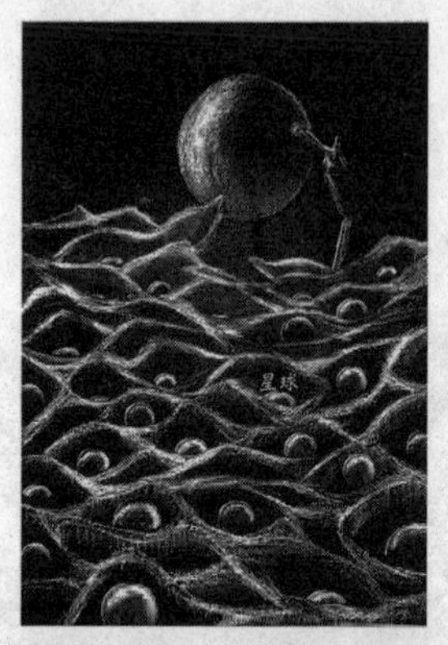

说明：
图中凡会动的，均可移动鼠标；按左键，可出现词汇。诗意即藉此跳跃式的词汇自动连结。

图一

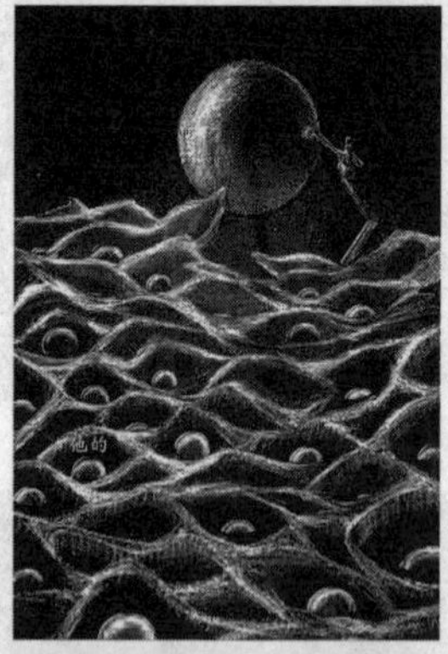

说明：
图中凡会动的，均可移动鼠标；按左键，可出现词汇。诗意即藉此跳跃式的词汇自动连结。

图二

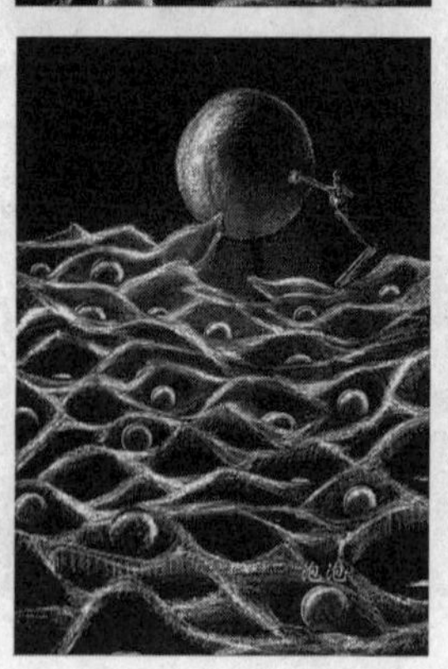

说明：
图中凡会动的，均可移动鼠标；按左键，可出现词汇。诗意即藉此跳跃式的词汇自动连结。

图三

林焕彰

1939年生于宜兰，由于家庭环境清苦，礁溪小学毕业后就没有继续升学。少年时期，他当过肉类食品加工店学徒、公司宿舍清洁工、检验工等基层工作。到了20岁那年，他接触到由古之红等人创办的《新新文艺》，从此打开文学视野。曾任泰、印《世界日报》副刊主编，现任《儿童文学家》发行人、《乾坤诗刊》发行人兼总编辑。已出版著作《一个诗人的秘密》、《妹妹的红雨鞋》等七十余种，部分作品被译成十多种外文，并已出版中、英、韩、泰文对照版诗集《孤独的时刻》和图画书多种。

[出走的理由]

◎林焕彰

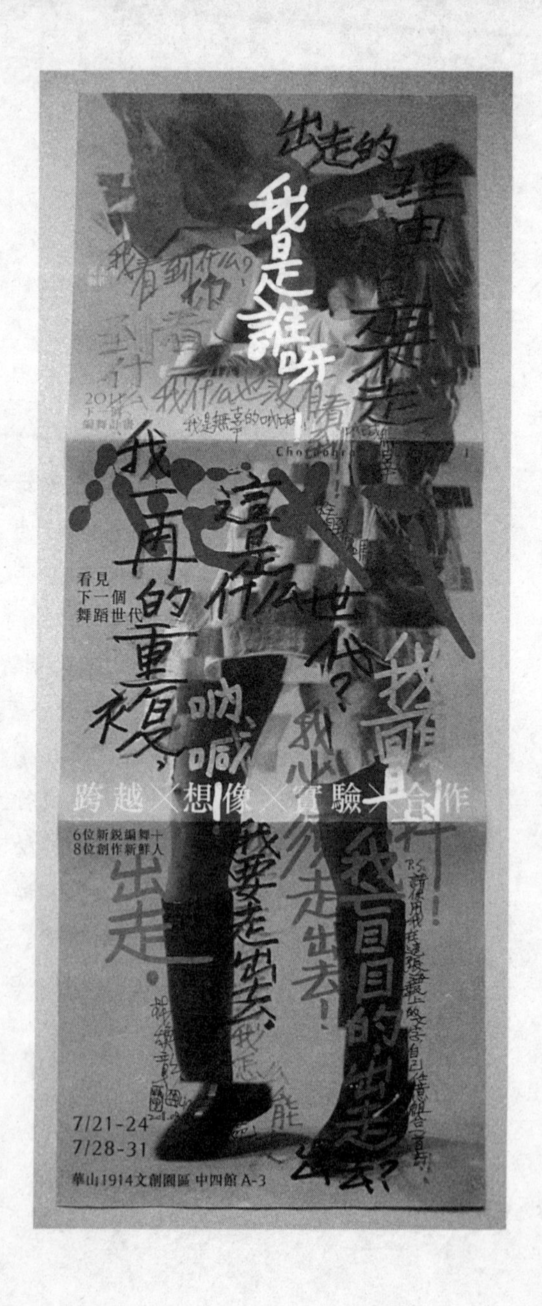

出走的理由
我是誰呀
我是無辜的吶喊
看見
下一個
舞蹈世代
跨越×想像×實驗×創作
6位新銳編舞+
8位創作新鮮人
出走!
我要走出去
7/21-24
7/28-31
華山1914文創園區 中四館 A-3

[吊诗袋]

◎林焕彰

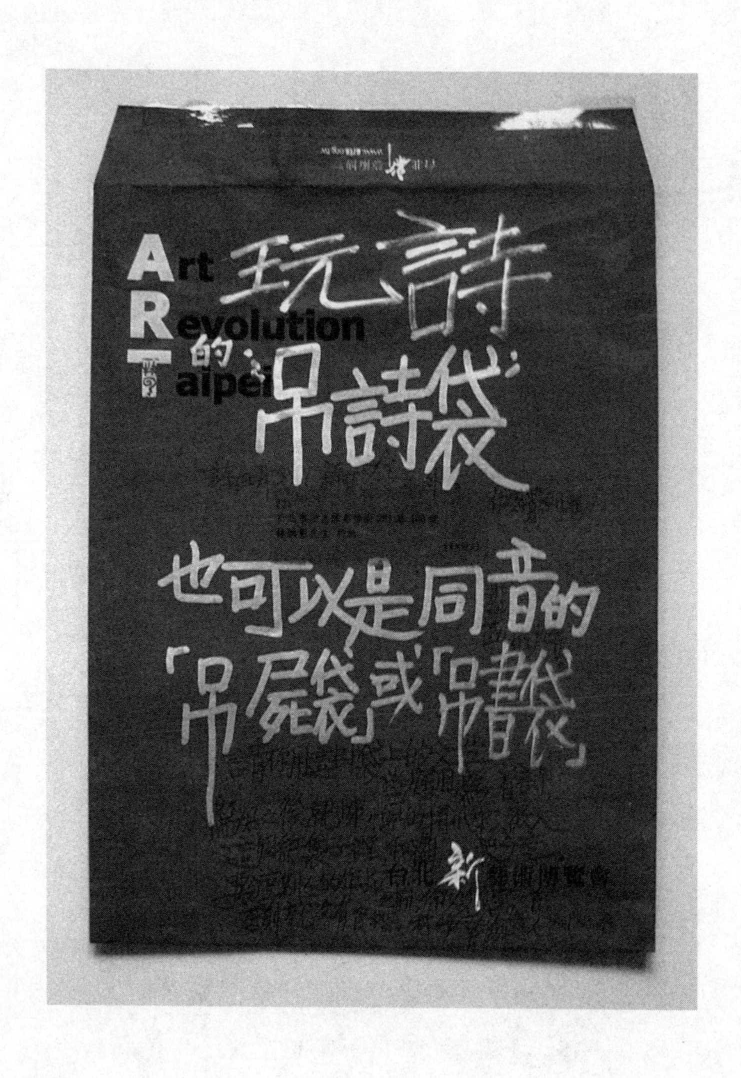

[诗中诗]

◎林焕彰

感恩袋
詩中诗
La Scala e il Cova nel 1841
PASTICCERIA · CONFETTERIA
COVA
CASA FONDATA NEL 1817

[诗签诗]

◎林焕彰

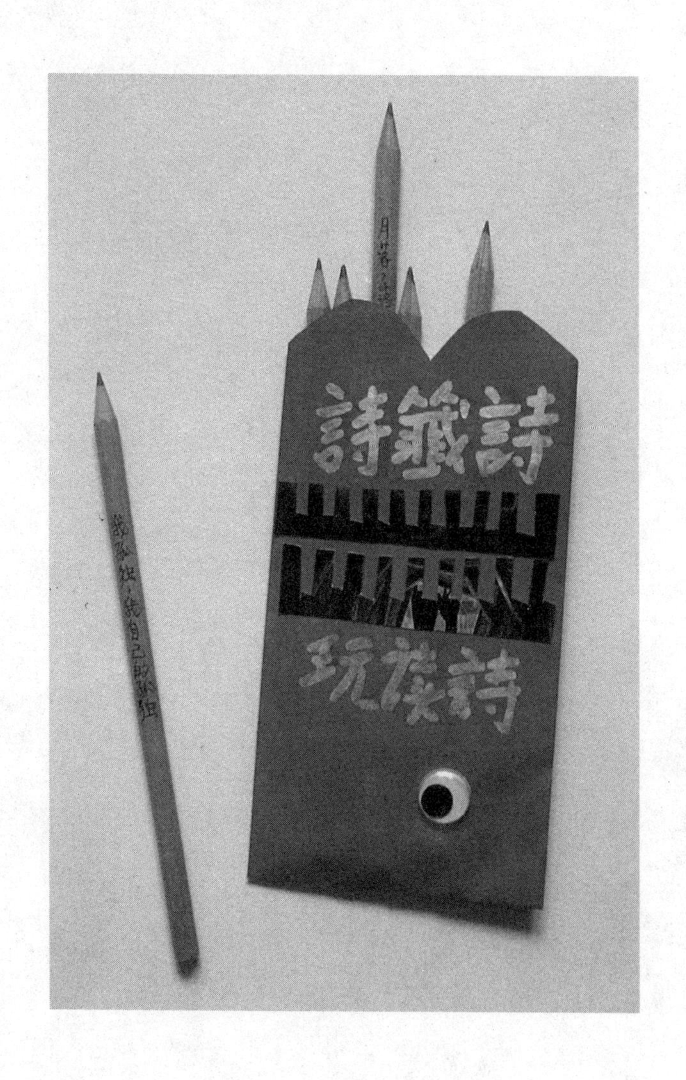

林群盛

1969年生于台北。毕业于光武工专机械科，后于美、日两国留学，攻读室内设计，音乐，电脑动画等专业。曾获台湾新诗学会“优秀青年诗人”与《创世纪》35周年诗奖。著有诗集《超时空时计资料节录集Ⅰ圣纪竖琴座奥义传说》、《超时空时计资料节录集Ⅱ星舞弦独角兽神话忆》。

[巧克力大混战]

◎林群盛

C

带着牛奶的香味

秒针削过时间的牧场

H

杏仁色的天空里

才刚开始飘出

蒸发成云的香料

O

从核桃的节奏中醒来的我们

一片片活泼洁净的巧克力

C

巧克力的企鹅在极地

将极光薰上薄荷香

O

热情的缎带

巧克力的赤道

渗出浓郁的椰子口味

L

巧克力的

你有着果糖的气质

可口的辞藻

A

巧克力的

我只有过重的可可风味

随时会溶化在你的手心

T

时间的巧克力还那么苦

你的巧克力还是那样甜

E

CHOCO太迟了LATE

时间的巧克力还是那样甜

你的巧克力还那么苦

[回忆图书馆冒险问答]

◎林群盛

“等到那些白蚁啮过10本钢质的日历，这里就会长出一栋图书馆了。”一同上幼稚园的嘴告诉我，“哦？可是白蚁不是只吃木头吗？”荒地上新栽种的钢筋早已长出头发的分岔，沾在钢筋上的白蚁队列静悄悄地闪烁成一粒粒刺耳的远足的星星，“可是？白蚁不是只吃木头吗？”胸前用蓝色小兔子别针衔着的手帕几乎已经染遍了问句的木屑，虽然路上的行人几乎都抱着一只（也有人抱两只）刚出美容院的毛茸茸的答案，却没有任何一只答案对我吠叫。

问：白蚁不是只吃木头吗？

数万双图书馆开幕的传单洒成彩色的袜子黏在每个人的头上或帽上，全城的小孩系着走在地面上的七色气球和飘在半空的单色双亲，以到动物园的心情回到了从来没去过的图书馆，警察的兵蚁制服和消防车的大象鼻子在开幕典礼 5 秒后就赶到售票口，鼓胀成一粒橘色氢气球的妇人正和瘦成一张釉蓝色门票的售票小姐争执，那个用系着气球的苍白丝线揉捻成的蚕丝白小孩究竟该买成人票或儿童票，50分钟后入馆的第100名游客（他坚持他算过）不断要求一份特殊纪念品，例如第一阅览室的电灯座，到了第1000名游客入馆时（他也坚持他算过）又发生一次（这次是要求入口处的展示架），我想第10000名势必会再发生一次，但是害怕自己昨夜才照《折纸入门》裁出的纸西装被渗入花生香料的消防车水柱洗皱只好匆匆入馆。

图书馆内部（闲人勿入）

馆内一如气象预报员所描述的养殖着数千只木笼，一册册书在木栏的监视下伸出退化的牙爪和进化成书签状的尾巴慵懒地睡卧着，木质的空气中漾着文字特有的体味，以未温热的手语我向被拆下声带的电脑询问。[请保持安静多使用音阻系数低的括号（谢谢）]

>问：（如何使用本图书馆？）

>答：（本图书馆因规模庞大 各阅览室之间以馆内专用单轨列车连接

您现在所在的位置是目录室
请在目录室确认所要前往之阅览室路线
再由目录室后方利用各线列车出发
谢谢。）

>

仍带着两只半月形的括号我坐上云霄飞车外表的列车，阳光红的皮肤似乎也同样镀过小孩们的尖叫，和我的疑惑同速，列车已然拖曳着其他游客的哗嚷路过数个阅览室，我突然瞥见沿路的隧道壁上偶尔会出现一个未附赠轨道的小出口，将一枚借书证大小的决心插入口袋，在疑惑稍为减速时，我泼出所有游客纸质的惊叫释放了自己和安全带。

图书馆最深处

以过期海报姿态贴在隧道的小洞穴壁上我又见到了久违的白蚁，在满满推挤的黑暗里，白蚁长出咳嗽星星的幼嫩光芽，我问自己，“你真的要进去吗？”

冒险

用锋利的好奇把影子剪成一球粉红色线团，沿着白蚁嵌在壁上的脆弱跫音洒下线头，我缩缩踽行直到滚烫的蚁白色光团灼伤了手。

那原是被上亿只白蚁占领的地下大厅，耀眼的白蚁敷满每一张墙，骤然聚合在一起的沙质跫音顿时磨碎了一部分的听觉。同时也被磨去恐惧的我避开飘动的蚁白色交谈闯入前方呈辐射排列的一间间小室探望，却见到残废的书柜和书的断肢。原来这里也曾是一座图书馆吗？铺满白蚁的标示牌只隐约透露“心”字部首的特有霉味。最后到了一间稍大的阅览室，在木屑和啮咬声调成的雾中我清楚看到占满整间房屋正由腹尾不停产出上千万只逗点状白蚁的巨大女王蚁，我恍恍抱起地上一只只尚能辨认五官的书，而那些书名们却是过去恋人的名字和似乎是未来恋人的名字，一回头标示牌正清晰藉由白蚁的照明显示着“爱情”，原来我出版任何一册爱情无论如何竭力修辞如何比喻暗示如何编排校正到了最后白蚁都会以逗点繁茂的身影自书页句间冒出蛀蚀至尽。

被绝望架住的我被送往女王蚁以蚁酸黏贴成的台座，女王蚁庞硕的水晶质翅翼现在看来仿佛也是以泪水熨出的，而在只能映出纸西装的巨大球镜状眼睛前的我木然拂去横过女王蚁颊上的一列初生白蚁，缺乏抗体的它们居然摔成一滴滴正圆形的纯质泪水滑落下女王蚁的脸颊。

知道似乎再也无法知道答案的我终于垂下沾满白蚁状泪水的钢筋质手臂，被蚁酸腐蚀的唇在木质的风中发出悲伤的翻页声似乎想说些什么。许久，竟也只能嗫嚅地向女王蚁问：

“可是，白蚁不是只吃木头吗？”

答：。

[ASCII CITY]

◎林群盛

有这么一天。突然对身边的一切厌倦起来。

高
压
电
勿
近

一开始好像是针对盘踞在城市的电线杆。

后来连被缠绕纠结的电线勾过边的风景也一并讨厌起来。

觉得呼吸仿佛困难起来，试了一下深呼吸，却只是好像把被电线杆

搅拌入焦躁的空气，更专注地吸入……

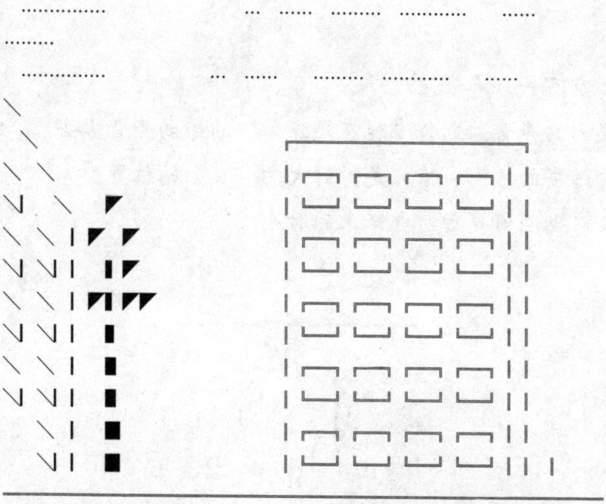

“有谁知道现在是几点了？”

虽然附近没有人，还是不自觉地自问自答。

也许，只是想发出声音。

....

....

︿︿　　　　　　　　　　...............

....　　　　　　　　　　......................

....　...............

....　　　　　　　　　　............................

天空有一只麻雀飞过。

发出的声音立刻将“现在几点了”的微弱声音啄去。

飞过去的方向，恰好是时钟大约“9”的位置。

9，也刚好是你打电话来的时间。

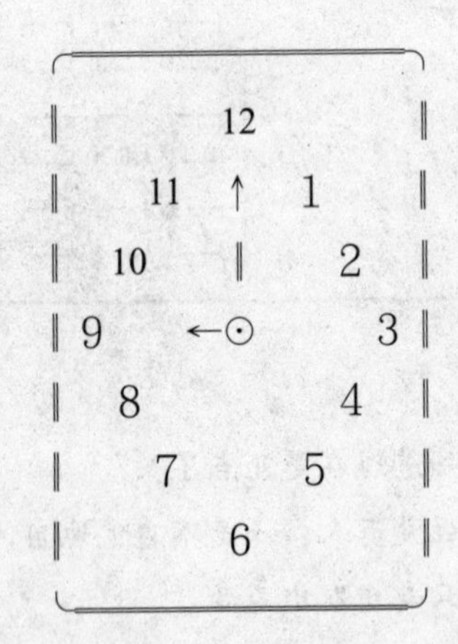

不知道从什么时候开始，时间好像不再有任何意义。

大多时候，秒针总是比较能刺激眼泪。
时针与分针的组合。像十年前的白色纯土司面包……
总是想到白开水或热牛奶的惯性组合般无趣。
只能等待夜晚。然后接力赛似等待失眠。
从令人头痛的清晨开始继续期待落日。
继续接着面无表情的工作。死去一半的课业。

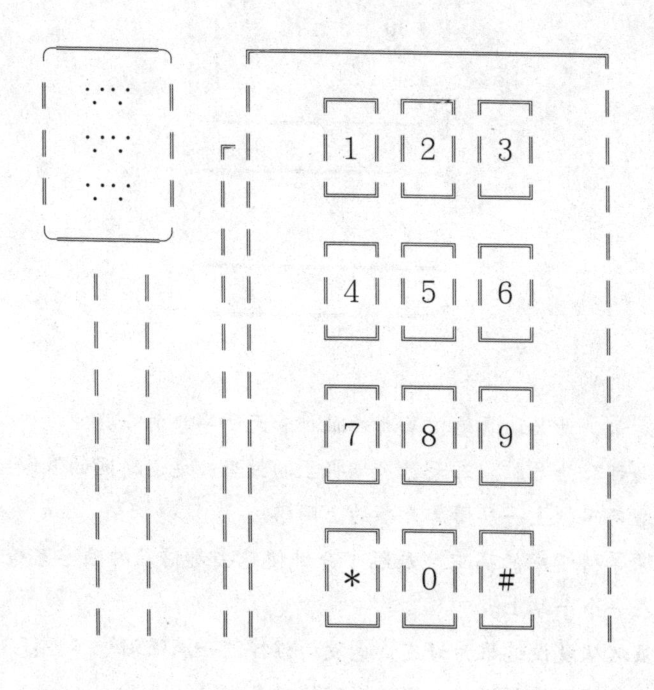

或者讲一些足以让一百只鲸鱼胃痛的电话……
“我们还是朋友吧……”
“你是很善良的人”，“总觉得……”
拿起电话，好像有会老去20年的预感。

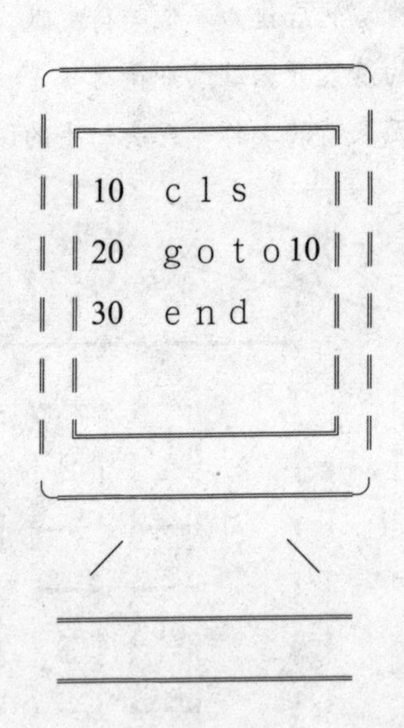

后来，开始认真地把呆滞的眼神和无所事事的手指
全部交给电脑。每天像产期将至的鲑鱼，逆着时间的浪潮
准确而敷上一层薄薄无奈的上网路。
像等待情书的高中生每隔 1 分钟便跑去看信箱的频率穿梭
在一个个站上。
虽然从没设过谁为好友，也没为谁掉过一滴眼泪。
除了突然的断线后，缓缓浮现的叹息。

好像也不再那样关心星星的语言
那种真的是蘸着柠檬味的发着光的语言
“好吵。”
一辆摩托车刮过午夜的耳膜。
也许是一只赶着打卡的猫头鹰在骑吧。

“因为对什么都丧失了兴趣”
“所以什么都得不到，也不想得到什么”

好像在心底的黑板上，有谁用结霜的粉笔写上这些话……

“可没有值日生擦黑板啊……”

继续失望之前。至少可以选择不再希望。

“可是，你不是这样想的。”

是谁呢？

☆

很累的时候，最讨厌需要十年才能解开的谜语。

但是，如果因为有谁曾经在“正确的时候”
说了“正确的话”，而那“正确的话”又以“正确的方式”
进入正好可以聆听的时候……

像白色海芋般温柔轻静的时刻……
以海王星般散发海洋香味的音声说了……

那是古代的记忆宝藏。以树脂密封
通过时间的加热、雕刻、祝福……
以月光的颜色、珊瑚的耐心
再度回到这个也许可以再度被爱的城市

[现代诗创作心理倾向鉴定测验]

◎林群盛

现代诗创作心理倾向鉴定测验(TOCPC®)/对话释义

∞∞∞∞∞∞∞∞∞∞∞∞∞∞∞∞∞∞∞∞∞∞∞∞∞

(TOCPC®) The Test of Chinese for poetic Communication

∞∞∞∞∞∞∞∞∞∞∞∞∞∞∞∞∞∞∞∞∞∞∞∞∞

PART 1

[第一题]

A：雨下得好大，好像连记忆都会被洗掉一样。

B：那你看我长得像不像一罐耐水的颜料呢?

B的意思是

(1)你爱我吗?

(2)请你永远记得我。

(3)今天穿的衣服颜料很特殊。

(4)你为什么不带伞。

[第二题]

A：她像一瓶烈酒，不要和她太深入地交往。

B：可是人生本来就是醉生梦死啊。

B的意思是

(1)她是我最喜欢的那种类型。

(2)凡事习惯就好。

(3)我酒量可好着呢。

(4)我喜欢刺激的生活。

[第三题]

A：她像一株有毒植物，不要靠太近哟。

B：可是人生本来就是醉生梦死啊。

B的意思是

(1)我对毒免疫。

(2)我才不这么想，你呢？

(3)凡事习惯就好。

(4)早晚都会中毒的，不是吗？

[第四题]

A：你应该爱我的不是吗？

B：你的应该应该去掉。

B的意思是

(1)我不确定我们的关系。

(2)我一直爱着你呀。

(3)你实在问太多了。

(4)我一点也不爱你。

[第五题]

A：明天能陪我去一个地方吗？

B：连宇宙的尽头都可以。

B的意思是

(1)我喜欢星际旅行。

(2)明天。当然乐意之至。

(3)我会永远陪伴你。

(4)我可以走很久喔。

[第六题]

A：她就像一片云一样。

B：可是一点也不孤独呀。

B的意思是

(1)她非常合群。

(2)她是居于领导地位的人。

(3)她喜欢旅行。

(4)她是自给自足的人。

[第七题]

A：让我在你眼中站成一朵春天。

B：秋天来了吧？

B的意思是

(1)滚远一点。

(2)你不是长得像枫叶吗？

(3)春天不是才刚过？

(4)等到秋天再说吧。

[第八题]

A：为什么你没办法抄袭你妈的深情呢？

B：那是因为爸爸你盗版了太多人的深情。

B的意思是

(1)爸爸不可以抄别人文章。

(2)妈妈其实后悔了。

(3)你不该欺骗别人感情。

(4)我不是妈的亲生女儿。

[第九题]

A：她是我明媒正娶的女儿。

B：果然没错。

B的意思是

(1)她是乖女儿。

(2)一开始我就知道你是变态。

(3)她果然没有做错。

(4)她果然是你亲生女儿。

[第十题]

A：我的情书被退稿了。

B：投文学奖算了。

B的意思是

(1)奖金比稿费多好多哟。

(2)再接再厉。

(3)把情书寄给文学奖公开吧。

(4)你会有更好的选择的。

[神魂爆裂激斗诗传说Sparking!!【12星座edition】]

◎林群盛

游戏人数

3至5人

游戏说明

玩家以拥有的【精神碎片】，依类似竞标的形式争取【境界卡片】。最终拥有最多【境界卡片】而【精神碎片】同时也不是最少的玩家获胜。

游戏流程与卡片解说

游戏开始之前，将全部的【精神碎片】平均配发给玩家，【精神碎片】面额有1，2，3，5，7，10六种。无法整除，多余的【精神碎片】则不会再发给玩家。

玩家将不会在游戏过程中透露给其他玩家知道自己所剩余的【精神碎片】。

接着发配给每个玩家两张【念动力卡片】。

【念动力卡片】分为【执念】和【信念】两种属性，【执念】为攻击属性的辅助卡片，而【信念】则为防御属性的辅助卡片。

玩家在充分洗牌过的卡片中依照自己星座抽选一张固定属性的卡片，以及一张自由选择属性的卡片。

玩家对于手中掌握的【念动力卡片】内容也一样不会

泄漏给其他玩家知道。

抽选顺序	星座	第一张固定属性
1	牧羊	【执念】
2	金牛	【信念】
3	双子	【执念】
4	巨蟹	【信念】
5	狮子	【执念】
6	处女	【信念】
7	天秤	【执念】
8	天蝎	【信念】
9	射手	【执念】
10	魔羯	【信念】
11	水瓶	【执念】
12	双鱼	【信念】

将【精神碎片】和【念动力卡片】发给玩家之后，接着把【境界卡片】充分洗牌后，正面朝下放置在玩家之间，游戏即可开始。

当第一张【境界卡片】被翻开时，即开始第一回合。玩家依照星座别顺序开始以竞标形式丢出手中的【精神碎片】。在不愿意追加【精神碎片】的场合可以宣布PASS放弃，退出此张【境界卡片】的争取，但之前放出的【精神碎片】将无法回收。当其中一个玩家付出最高【精神碎片】，而其他玩家都放弃时，则该玩家获得此张【境界卡片】，本回合也宣告结束。

同样的，无论是获得卡片的玩家或是中途放弃的玩家，只要是离开手上的【精神碎片】，就无法回收。

接着翻开第二张【境界卡片】进行下一回合。依此类推。

玩家拥有的【境界卡片】必须公开。

当卡片全部翻完，或是任一回合所有玩家都宣布放弃时，则游戏结束。

游戏结束之后开始计算每个玩家拥有的【境界卡片】与残留的【精神碎片】。

不论玩家拥有多少【境界卡片】，只要【精神碎片】数量最少，将首先被淘汰。

游戏过程中万一玩家用尽【精神碎片】也将自动淘汰。

结算之后拥有最多【境界卡片】点数的玩家将成为荣耀的胜利者。

【境界卡片】解说

【境界卡片】分为【协调之境】和【变异之境】两大属性。前者为基本的【境界卡片】点数卡片，后者则为点数变动的卡片。

在翻开具有负面效果的【变异之境】卡片的回合，于追加【精神碎片】的过程中，第一个放弃的玩家将被迫取得此张负面效果的【变异之境】卡片。

当玩家获得【变异之境】后，必须在下一回合开始之前，决定让手中的哪一张【协调之境】卡片接受【变异之境】的影响。并将【变异之境】半盖在【协调之境】之上。

另外，每张【协调之境】卡片只能接受一张【变异之境】的影响。

若玩家在手上没有任何的【协调之境】卡片的情况下取得了【变异之境】卡片，则下一张入手的【协调之境】卡片将无条件受到本【变异之境】卡片的影响。

在【变异之境】卡片在游戏结束之前仍然没有可依附的【协调之境】卡片的场合下，正面影响的【变异之境】卡片将无条件忽略，而负面影响的【变异之境】卡片效果将直接作用在总结算点数上。

【协调之境】卡片效果说明	
卡片名称	卡片效果
炎红的凝视点燃陌生的黄昏	1000境界卡片点数
地面满满陈列叶绿素的铃声	1000境界卡片点数
海潮伴着时间鳞片洗亮天空	1000境界卡片点数
风说着五种季节的语言暗示	1000境界卡片点数
花瓣旋转成你的后冠和衬裙	2000境界卡片点数
雪的足迹落在银白的深呼吸	2000境界卡片点数
月色的墨水散发柠檬的香气	2000境界卡片点数
星光的雨在你手心滴成星座	3000境界卡片点数
时间掉落的羽毛沾着你鞋印	3000境界卡片点数
音符的阶梯有琉璃色的回忆	4000境界卡片点数
梦披上十二层的童年迎向你	5000境界卡片点数
爱在指尖晕染着世界的微笑	6000境界卡片点数

【变异之境】卡片效果说明	
卡片名称	卡片效果
黑暗的藤蔓在夜云之后 影子敲着退缩的鼓声	-1000境界点数
陷阱在雨后出现 所有的诱饵都干裂而粗糙	-2000境界点数
乱纷在耳后响起的是墨黑蝶翼 拍动着铅化的心跳	-3000境界点数
欲望在明天预留了爪痕 然而今天已被写入禁药	以手上最高点数的【协调之境】卡片跟自己指定的玩家交换一张对方的【境界卡片】
孤独不是唯一的敌人 但是镜子说出的人也不是朋友	自选一张【协调之境】丢弃
寂寞张开蛛丝为失去颜色的你更衣 世界被轻轻吹熄	自选两张【协调之境】丢弃

【变异之境】卡片效果说明	
卡片名称	卡片效果
亲切的字典在街头将你的名字举高	+1000境界点数
彩虹的另一端有你熟悉的文法	+2000境界点数
星座的语系里透露着你闪耀的心情	+3000境界点数
情歌以你行走的节奏传送	以手上任何一张【境界卡片】跟自己指定的玩家交换一张对方的【协调之境】卡片
少女的倾慕绣刺在未来的风中	自选一张【协调之境】点数×1.5倍
女神的微笑在你瞳中展翅	自选一张【协调之境】点数×2倍

交换的场合，必须是单一的卡片才能交换。已经附着【变异之境】的【协调之境】卡片组是不能进行交换的。

【念动力卡片】解说

【念动力卡片】共12种，每种各两张。

【念动力卡片】每回合仅能发动一张。所有的效果都仅能作用一次。

属性	卡片名称	卡片效果
执念	断	禁止之后的玩家在本回合内使用【念动力卡片】
	惑	指定任一玩家自己丢弃手上一张【念动力卡片】
	蚀	指定任一玩家自己丢弃手上两张【精神碎片】
	灭	在回合结束前，将本回合的【境界卡片】消灭
	魅	强制偷窥任一玩家拥有的【念动力卡片】内容
	预	强制偷窥下三回合将开出的【境界卡片】内容
信念	守	PASS之后依然可以进行本回合游戏，限定一次
	封	让自己不会受到有关【念动力卡片】的攻击
	止	让自己不会受到有关【精神碎片】的攻击
	绝	让自己不受本回合【变异之境】卡片的负面影响
	净	让已附着在【协调之境】上的【变异之境】卡片效果消失
	虚	来自对方玩家的卡片交换无效

[沉默]

◎林群盛

10 CLS

20 GOTO 10

30 END

RUN

[雪猫猫]

◎林群盛

一阵猫从天空飘落
在每片被喷嚏冻伤的玻璃窗上
绽成雪花形的笑声

　喵喵
喵　　喵
　喵喵

全城的狗强作镇定
排聚在雨具店前
欲言又止
　　　　　　　(汪)

　喵喵
喵　　喵
　喵喵

想起了一向在冬天降落的你
从小就坚持养只伞的我
也想这样向你说
　　　　　　　(汪)

冷冷的　你只无声绽开六角形的笑

林德俊

昵称兔牙小熊，学生眼中的“小熊老师”。具有文学编辑、大学讲师、专栏作家等多重身份，左手写诗，右手写评，大脑是怪念头集中营。2010年创办《诗评力》免费报。编有《保险箱里的星星》等；著有《成人童诗》、《乐善好诗》、《游戏把诗搞大了》等。策划多项不闷锅文学创意展演，以进化版“行动书写”开出台湾诗坛新路。

[折纸诗签]

◎林德俊

[【删除的邮件“Out”look Express】]

◎林德俊

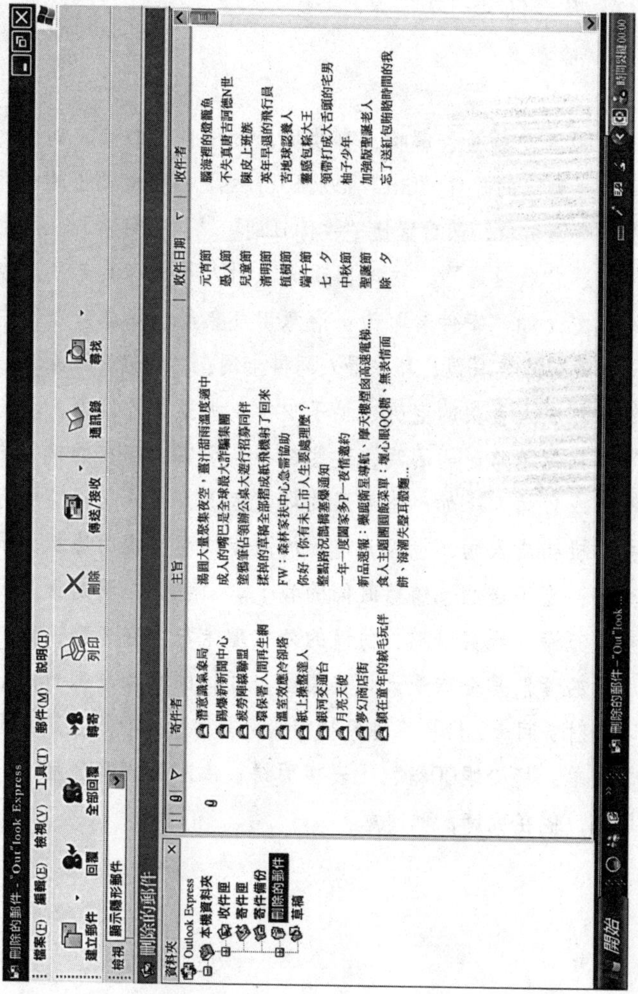

刪除的郵件 - "Out"look Express

檔案(F) 編輯(E) 檢視(V) 工具(T) 郵件(M) 說明(H)

建立郵件 回覆 全部回覆 轉寄 列印 刪除 傳送/接收 通訊錄 尋找

檢視 顯示隱形郵件

刪除的郵件

資料夾

- Outlook Express
  - 本機資料夾
    - 收件匣
    - 寄件匣
    - 寄件備份
    - 刪除的郵件
    - 草稿

寄件者	主旨	收件日期	收件者
潛意識氣象局	湯圓大量聚集夜空，薑汁甜雨溫度適中	元宵節	腦海裡的燈籠魚
踢爆新新聞中心	成人的嘴巴是全球最大詐騙集團	愚人節	不失真唐吉訶德N世
疲勞陣線聯盟	塗鴉筆佔領辦公桌大遊行招募同伴	兒童節	陳皮上班族
環保署人間再生網	揉掉的草稿全部摺成紙飛機射了回來	清明節	英年早退的飛行員
溫室效應冷卻塔	FW：森林家扶中心急需協助	植樹節	苦地球認養人
紙上操盤達人	你好！你有未上市人生要處理麼？	端午節	靈感包粽大王
銀河交通台	整點路況鵲橋塞爆通知	七　夕	領帶打成大舌頭的宅男
月亮天使	一年一度闔家多P一夜情邀約	中秋節	柚子少年
夢幻商店街	新品速報：麋鹿衛星導航、摩天樓煙囪高速電梯...	聖誕節	加強版聖誕老人
鎖在童年的絨毛玩伴	食人主題團圓飯菜單：壞心眼QQ糖、無表情面餅、海潮失聲耳殼麵...	除　夕	忘了送紅包賄賂時間的我

開始　刪除的郵件 - "Out"look ...　時間裂縫 00:00

[说明书]

◎萧 萧

他喜欢颠覆、解构，喜欢玩，玩他自己的诗，如他的一首《删除的邮件“Out”look Express》，将电脑上的邮件图档全图引录，然后置换“收件日期”、“寄件者”、“主旨”、“收件者”，这时出现颇多耐人寻味却又无从思议的地方，如“寄件者”为：潜意识气象局、踢爆新新闻中心、疲劳阵线联盟、环保署人间再生网；“收件者”则是：领带打成大舌头的宅男、柚子少年、加强版圣诞老人、忘了送红包贿赂时间的我，这些都不是现实中存在的机关、社团或自然人（如：脑海里的灯笼鱼），即或是现实中存在的机构或人物，也因为前加的限定词而被视为虚拟之境（如：忘了送红包贿赂时间的我）。“主旨”更是天马行空，充满对现实谐拟、仿讽的外在趣味与内在辛酸，如：成人的嘴巴是全球最大诈骗集团，揉掉的草稿全部折成纸飞机射了回来，FW：森林家扶中心急需协助，食人主题团圆饭菜单：坏心眼QQ糖、无表情面饼、海潮失声耳壳面……总之，他在玩诗，玩创意。

本文摘自萧萧《遇到小熊老师，诗就T丨幺ˋ了》，《联合报》副刊（2011年5月14日）

[【乐透彩一彩】]

◎林德俊

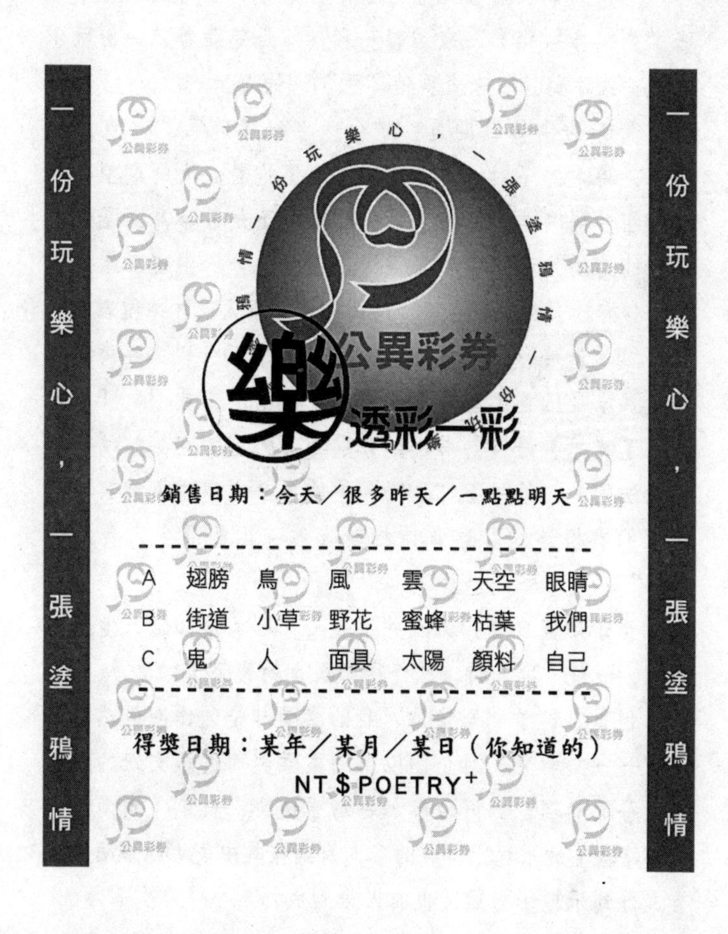

一份玩樂心，一張塗鴉情
一份玩樂心，一張塗鴉情一
公異彩券
樂透彩一彩
銷售日期：今天／很多昨天／一點點明天
A 翅膀 鳥 風 雲 天空 眼睛
B 街道 小草 野花 蜜蜂 枯葉 我們
C 鬼 人 面具 太陽 顏料 自己
得獎日期：某年／某月／某日（你知道的）
NT＄POETRY⁺
一份玩樂心，一張塗鴉情

[说明书]

◎林金郎

一般人购买彩券无非为了博得希望，但诗人制作了这张“公‘异’彩券”来“彩一彩”却是想藉着“一份玩乐心、一张涂鸦情”来表现他“玩”诗的心情。

彩券的销售日期是：“今天 / 很多昨天 / 一点点明天”，诗人并不对以中乐透彩来致富抱着太大的期望，且在三组号码名单中，签下的“明牌”不是数字，而是诸多飘渺的诗的元素。我看了很久，不太能分辨出这三组元素是否各有什么明显的象征。经询问作者本人，林德俊表示：

“《乐透彩一彩》，A、B、C三组号码代以文字意象，其实那本是三首小诗的主要意象，其中前二首（A、B）也收进了《乐善好诗》书中，分别为《天空的空》、《街巷冒险法则》，每一组“号码”中的各个文字意象其实暗藏隐性的有机连结。这首诗相较其他，因此最令人费解了吧。”

至于中奖日期，诗人并不关心，因为他知道，他随时随地，透过“玩”诗，已经得到最大的彩金了！

但是，这首“影像诗”我的感受却是创作圈最热门的话题——文学奖，对企图以得到文学奖而进军文坛的人而言，每次参赛，都好似参加一场乐透彩，杠龟（闽南语，意为赌输）的永远比得奖的多，有人在其中失去越多明天，有人得到乐趣，当然，也有人得到成功。

本文摘自林金郎《拟仿、拆解与游戏》，《吹鼓吹诗论坛九号》（2009年9月）

[天空的空]

◎林德俊

仰头

有谁在画画

这黄昏

是泼墨风格的

（为了配合以下这一幕）

远远那只鸟

似飞又似

永恒地停在展翼的姿势里

几乎是绝美的落款了

大风说来就来

一不注意

把云彩重新排列

又或

把天空整张吹走

[街巷冒险法则]

◎林德俊

街道被烫得很平
太平了
还好两旁的小草是它的鬓角
可修，可不修
不修更有个性

小草旁的野花开出你的生日
野花上头的蜜蜂嗡嗡嗡着
我们的结婚纪念日
不得不躺下的枯叶还抽搐着
哪一年哪一天的毕业典礼

[苹果日爆]

◎林德俊

寻找诗踪

居士洽

(02)2705-9940・(02)2388-1776

尋找詩蹤

副刊上的詩不見了?掉進娛樂版
林志玲的乳溝?隱匿在消費版
條碼的柵欄後?淹沒在財經版
股市的漲跌幅?倒在社會版
刀光劍影的血泊?跑到政治版
受毒辣口水淋蝕?
……誠徵
誰來踢爆這黑心的惡作劇?

意者歡迎投稿：玩詩合作社dechun@ms36.hinet.net
洽詢專線：0937-798168林先生

法師
男女感情合和

個人刷卡機
申請簡單，請款迅速

2005苹果日爆寻找诗踪 诗广告

诚征诗人

綜合 **誠徵詩人**

兼職
不供食宿薪水
偶有績優獎金
保證思想點火
有烤焦自己之危險
玩票者歡迎
意志耐操者優先錄取

速洽玩詩合作社 0937798168
林德俊

2006苹果日爆 诚征诗人 诗广告

廉让一枝笔

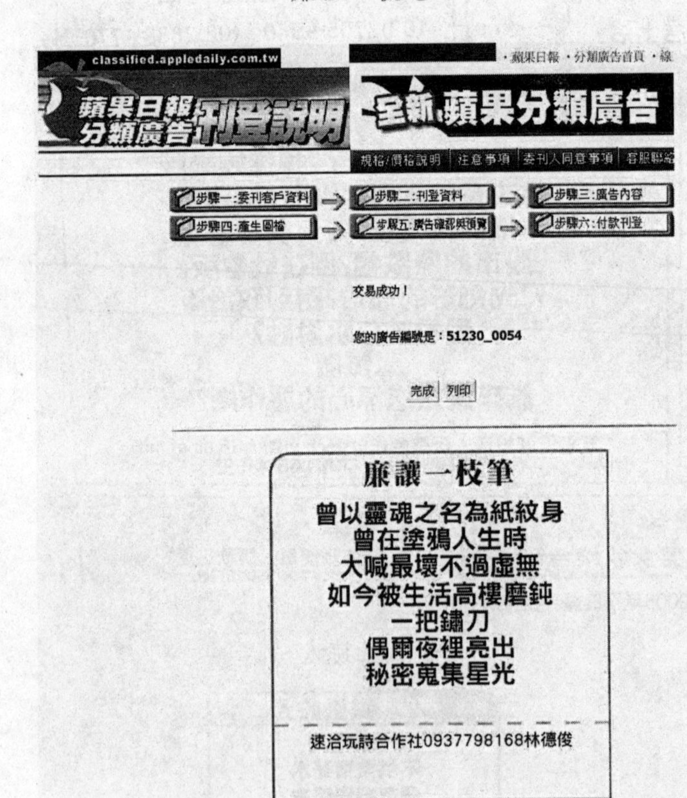
classified.appledaily.com.tw

·蘋果日報 ·分類廣告首頁 ·線

蘋果日報 分類廣告 刊登說明

全新 蘋果分類廣告

規格/價格說明 | 注意事項 | 委刊人同意事項 | 客服聯絡

步驟一：委刊客戶資料 → 步驟二：刊登資料 → 步驟三：廣告內容

步驟四：產生圖檔 → 步驟五：廣告確認與預覽 → 步驟六：付款刊登

交易成功！

您的廣告編號是：51230_0054

完成 列印

廉讓一枝筆

曾以靈魂之名為紙紋身
曾在塗鴉人生時
大喊最壞不過虛無
如今被生活高樓磨鈍
一把鏽刀
偶爾夜裡亮出
秘密蒐集星光

速洽玩詩合作社0937798168林德俊

2006苹果日爆 廉让一枝笔 诗广告 刊登记录

[说明书]

2005年6月11日（农历五月初五）诗人节，我独立进行了一个名为“苹果日爆”的诗行动，在几乎不刊诗的《苹果日报》上付费登出一则货真价实、题为“寻找诗踪”的诗/广告（是诗作，也是广告），暗讽该报的文学性格低落，藉此“内爆”流俗取向的大众传播媒体。

2006年1月1日“苹果日爆”有了第二个版本：“台北101”，舞台是1月1日（101）《苹果日报》“台北”市全区分类广告版，我除了带着自己的诗上阵，更邀集林焕彰、苏绍连、颜艾琳、孙梓评、紫鹃等诗人一起共襄盛举，扩大办理诗歌占领广告版，透过种种“诗广告/广告诗”文本，打破“实用”版面和“无用”文学的界线。刊出当天，果真接到了几通“洽询电话”！

第二次行动吸引《苹果日报》自身报道关切，该报当时的总编辑陈裕鑫亲自发表回应：“这种行动很有创意，可以激发读者对分类广告与诗的另类想像，建构不同的阅读方式。”但他也表示，《苹果日报》较难见到“诗”踪，是因为现代人很忙碌，《苹果日报》只能尽量提供观点以及较实用的新闻（摘自《苹果日报》2006年1月15日A18版）。不知读者诸君对他的说法是否满意？

崔香兰

台湾辅仁大学英国语文学系毕业，台湾中央大学英研所硕士。创作人。著有音乐诗集《虹In Rainbow》，并于书中附上收录九首歌的CD。

[虹]

◎崔香兰

雨下过后
太阳升起
为了她的登场
云都跑开了

窗户间
只看得见
那道

虹

包着希望
经过黑暗
无意间
滑进亮光
送给你的

一道微笑 :)

[蚂类的笔]（“诗”的样式）

◎崔香兰

蚂类的笔笔笔笔笔笔笔笔笔笔笔

（这是有个小故事的：
有一只蚂蚁捡到了一枝笔
它觉得很奇怪
为什么是一枝笔
不是一粒米呢
然后它就拿着那枝笔
开始写
笔写出了光的颜色
“好亮喔”
蚂蚁突然觉得
字
怎么比米漂亮那么多倍
于是它就决定了
它要当一只写字的蚂蚁
要当蚂类中的唯一

所以它拼命地练习写字
先是字

才是词
再来是句
但是因为蚂蚁太小一只了
它写不了很长的句子
而且它不喜欢写
因为每次都要跑好远好远
所以它又决定了：
它要写短短的句子
让短短的句子
散发出
比光还要亮的色彩）

ps. 这比写长句子要难的多了其实

[蚂类的笔]（歌词）

◎崔香兰

蚂类的笔笔笔蚂类的笔笔笔蚂类的笔笔笔蚂类的蚂类的笔
蚂类的笔笔笔蚂类的笔笔笔蚂类的笔笔笔蚂类的蚂类的笔笔

Uh! 这是有个小故事的：
有一只蚂蚁捡到了一枝笔
它觉得很奇怪
为什么是一枝笔
不是一粒米呢
然后它就拿着那枝笔
开始写
笔写出了光的颜色
“好亮喔”
蚂蚁突然觉得
字
怎么比米漂亮那么多倍
于是它就决定了
它要当一只写字的蚂蚁
要当蚂类中的唯一

笔笔笔蚂类的笔笔笔蚂类的笔笔笔蚂类的蚂类的笔

所以它拼命地练习写字
先是字
才是词
再来是句
但是因为蚂蚁太小一只了
它写不了很长的句子
而且它不喜欢写长句子
因为每次都要跑好远好远
所以它又决定了：
它要写短短的句子
让短短的句子
散发出
比光
比光还要亮的色彩

蚂类的笔笔笔蚂类的笔笔笔蚂类的笔笔笔蚂类的蚂类的笔
蚂类的笔笔笔蚂类的笔笔笔蚂类的笔笔笔蚂类的蚂类的笔
蚂类的笔笔笔蚂类的笔笔笔蚂类的笔笔笔蚂类的蚂类的笔
笔！
蚂类的笔笔笔蚂类的笔笔笔蚂类的笔笔笔蚂类的笔
蚂类的笔笔笔蚂类的笔笔笔蚂类的笔笔笔蚂类的笔

ps. 这比写长句子要难的多了其实

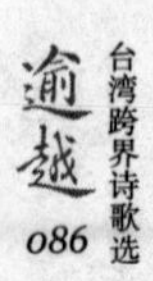

[泡泡]

◎崔香兰

鱼

的鼻孔里跑出了泡泡，

一颗一颗

向上。

"玻，玻，玻"的，

通通跑了出来：

生气的时候 (玻)，

开心的时候 (玻)，

还有难过的时候 (玻玻玻)；

它其实一直想上去看看，

可是每次一上去

就呼吸困难，

只好皱着眼，嘟着嘴，摇摇尾巴，

作罢。

说也奇怪，

鱼的泡泡比较难破掉，

不像我的泡泡，

可能是因为

它想让泡泡飞到上面，
这样就可以，
让它的一部分
到达向往的远方（玻）。

[幸福机器]

◎崔香兰

我们于是被训练得好好的。

我们很幸福:

我们想长大
因为才可以谈恋爱
我们想交往
因为才能找到结婚对象
我们想结婚
因为才可以不用怕他跑走
我们想生小孩
因为老了才有人养
我们想退休
因为才可以领到花半辈子换来的退休金
我们想跟另一半直到永远
因为这样才不会一个人死在家里!!!

耶! 我们真的好幸福喔。

张国治

1957年生于金门。台湾师范大学美术学系毕业。美国芳邦大学（Fonntbonne University）艺术硕士。现为台湾艺术大学视觉传达设计学系专任副教授，在绘画、摄影上均有杰出表现，参与多次各地区联展与个展。擅长新诗、散文、艺术评论等书写，曾获师大现代文学奖新诗首奖、台湾学生文学奖大专新诗组第一名、台湾优秀青年诗人奖、“教育部”八十年文艺创作奖、第三十八届文艺奖章新诗创作奖等。著有《战争的颜色》、《带你回花岗岩岛：金门诗钞·素描集》、《家乡在金门》等。

[风雨哲思的贤人－李尔王]

——改写自莎士比亚《李尔王》原著剧本

◎ 张国治

一、暴风雨将至

暴风雨将至，那笼罩的乌云
是未可预测的命运
命运如地平线尽头，击打的汹涌怒涛
何其令人心惊，何其令人胆颤
狂风从山头掠过
雨阵集结溃江堤
沉沉雷霆轰向大地
闪电如刀斧劈天
曾经驾风驭雨，意气风发
曾经一把利剑
刺向邪恶，砍下虚伪
陷进阴谋与背叛的李尔
权贵一生的李尔
主宰人世威仪的李尔
只留最后人世真爱的渴望
只留荣耀的名义
随风飘荡的白胡子
是他不朽的旗帜
什么是不朽?

壮盛的军队，丰厚的土地
威仪的权柄，虚矫的爱？
暴风前的宁静，是暴风雨骇人的前奏！

二、真爱检验

华丽的外表，沉潜如海深的人心
海神的号角响起，风暴肆虐
船桨下的生灵
为这汹涌翻腾展开的剧情低泣
风雨中传来阵阵的叹息
命运之神，他不曾听闻李尔悲伤的祈祷
他不曾降临赐予李尔永恒的真爱
“我爱你胜于爱自己的生命”
“我爱你胜于爱自己的丈夫”
“我无有话讲”
命运三女儿用不同言词开启潘多拉的箱子
曾经勇敢刚烈睿智的李尔，拥有
威仪的权柄，却未有人性的检测仪
这是一个古老主题
悦耳动听口甘舌蜜
谄媚之姿如潮浪
淹过木讷、真挚
贪婪、自私越过人性的栅栏
贫贱、忠诚是黑夜黯淡星光

三、命运扭转

人心险恶，情势遽变
不识人心险的李尔
错把真言当逆耳
推把真爱进深渊
甜言蜜语变成虐待摧残
高贵无比的李尔变成累赘老头丧家犬
有气无处泄，有苦难言
忍气吞声在人前
永劫不复的罪孽如何救赎？
昏聩无知如何弥补？
雷声隐隐滚来，暴风雨又将至
这是个古老话题
风雨中没有答案
答案在你我心中

四、暴风雨夜，清醒的孤独

人世间的真爱，我来不及接受
生命的暴风雨已来到
爱已走失，荒野在眼前呈现
命运残酷巨轮碾碎真挚的心
我不知真爱？我分不出此生意义为何？
我的心为错爱滴血
无情的巨掌已然降临

残酷的雷已然击打
狂风来吧！暴风雨来吧！雷霆霹雳来吧！
在这狂风的黑夜之中，我如断线之偶
权杖、疆土、荣华一切俱已走远
连那一丁点真爱的奢望
都变得遥不可及
像那风中残旗无奈飘散
仅靠那一点残余自尊苟活
泪水滑过老而干涸的皱纹
我的心下着涔涔的风雨
暴风雨不停歇
我的心绞痛不止
曾经呼风唤雨，我李尔
除了这衰弱的灵魂
除了这残败的身躯
除了这最后的燃烧
还有什么？
仰望苍天，苍天啊！
请再一次鼓动狂风飓雨
惊雷闪电挥舞
把我的昏聩无知震醒
蒙昧的知觉，虚无僭妄的梦幻
让我白来人间一趟
再也不奢谈不朽
就让生命的雨下吧！
浇熄我一颗灰烬的心

只有让这狂风暴雨
才能吹净我虚荣的昏聩
洗涤我灵魂的污浊
脱卸这世俗虚有的华裳
卸下这虚幻的冠冕
暴风雨夜，清醒的孤独
我心系妄想拥抱那贤德的小女
我渴望那唯一的真爱

五、哲思的贤人

瀑布一样的倾盆大雨
浸没了尘世名利的尖塔
淹没了征途功名追求的风标
倒泻入李尔无可抵挡的命运大衣
思想一样迅速的硫磺电火
劈碎橡树巨雷的先驱
就要烧焦李尔白发的头颅
暴风雨中，李尔昂然
如无惧人生的勇士
凯旋的勇士，但他更是
大彻大悟，风雨宁静
哲思的贤人
这是一个不老的主题
是你，是我，是我们大家
隐藏于心，人性检露的明鉴

让李尔的故事不从人生舞台闭幕

为台湾艺术大学戏剧学系进修推广部五年级毕业公演《李尔王》而写，2003.1.30脱稿于春节除夕前夕。

从阅读《李尔王》向诗的夜空出发……

◎ 张国治

以诗和其他媒体探触，作跨领域的结合，这是本校戏剧学系邀请我参与他们师生合作演出的第二次。莎士比亚的原著《李尔王》中译本早在二十五六年前年少阅读时，就留下了深刻印象。彼时读的是梁实秋的译本，这中间也看过电影和其他剧团的演出。

但在现实洪流追逐中，我还是常常遗忘这样一个深刻启迪人心的剧本，是不是“戏如人生”之说，终究仍让我困惑，仍感到有实际的距离？可就有这么一个因缘让我重读它。虽忙，我还是逐字逐句把戏剧系学生改写的《李尔王》剧本读毕，并且就其字句、语词、行气、口语等不顺的地方作了小幅度的润饰及修改。其实，原剧本就是不朽名著，即令改编，参酌中译本，只要掌握到原著精神面貌，再错也错不到哪里去。

然而，这也是改编剧本的难题吧！如何不违背原著精神又能另创新意，并将它活化延伸另种创造之可能。

重读《李尔王》，内心愈读愈深沉，也愈加感动！我恍然大悟，原来只在我现实洪流百般追逐之后，少壮沉潜之年，才能更加深刻体验李尔王之心情。也就在那样感动的夜晚，我毫不犹豫决意动手写一首合诵诗。2000年父亲走后，我曾近二年拒绝用文字表达我的心情和思维，拒绝写诗，因为再也没有比“死亡”更难去修饰去隐喻的字汇。我曾感到文字的多余！

只是《李尔王》再一次动容了我，让我沉吟不已。它让我从无常残酷的命运中，懂得了如何睿智去参透现实无情的辗压，如何迎抗生命的风暴。再一次，我又回到文字及意象、隐喻的书写里。我终于又回到写诗的状态中，以诗歌颂生命。

诗赶得很急，觉得还有很多修改空间，许多意象也尽量参考原著精神及多种译本之文译，但最后力求诗文本身有更多自己营造的意象凝塑其中，希望不致于破坏原著之美雅。

谨此向一代不朽戏剧文学大师莎士比亚致敬！

并祝福本届进修推广部戏剧学系的毕业公演演出成功！

[一个浪子]

◎ 张国治

自从那年他的眼神被一道海湾地平线强烈灼伤之后，他便每天带着骚响的乡愁到处漂泊，每到一个不知名海岸便悄悄拆开信笺上的月光独自啜饮故乡陈年老酒，沸腾着无可浬计的海之忧伤。

据说即使在睡眠辽敻的漂浮里，他总会忆起航行，他说海哟，请系住我浪潮拍洗的梦，请为蓝空升起星月，请快快为黎明解缆，而重金属的暗夜，无法辨认的厚度，他总无法向大海探问南方的故土，眼中的星月在异地的灯管中悲哀地游移。

那晚他把他的籍贯镀在不能触及海湾里，燃烧的瞳仁，如风疾过的炮声呼啸，在箔金色月夜战火线上，狠狠撕下齿痕的日历，一张又一张……并且在广大夜镜里，他瞧见了一张黧黑尘埃披覆的容颜，喉管哽咽森冷的呓语，在夕暮踢出叹息之后，折起乡愁在枕上然后放在大海睡去。

[逆旅]

◎ 张国治

总会遇见一些人，在早班的火车上。
报纸和咸咸潮湿的鼻息，还有阳光一起展开。
容颜和文字一样，没有特别新鲜的注解，
基本笔划结构组合，或许只是眉毛粗了，
嘴唇厚了薄了一点，脸宽大或尖小一些。
像一些印刷中黑体、超特明体、圆体，
甚至斜体、空心体，
安安静静被安置在行间内。

总是无意间窥伺邻旁报纸。
证券股市、财讯、艺文，
然后迅速忘掉内容。

每个人焦点不同象限散开，
或许只是木然、打盹、闲聊。
翻开诗集，我在诗的空间打转。
停驻想象激扬的空间，
寻找意象的隐喻、明喻，
一些关于诗的歧义，或者关于人，
甚至单纯想到:人生如一列火车行驶。
这些通俗字眼，却在平日卑微形式中，
显得无. 比. 的. 庄. 严. 而，

生命原点里的共相在此交汇。

眺窗，轻工业烟管林立，偎聚违章厂房，
小镇月台，白底黑字站牌，
善意的汽笛，远远的坟场，
再来，几座绵延弧线的青山、挖土机、堆沙
废电缆、垃圾场、燃烧铅灰的浓烟、房舍，
河床、鹅卵石、狼尾草。
风景如此简单构成，我们也如此容易
原谅自己的愚行，原谅在冬天，
那人穿了一身炫耀的白衣裤，
不懂得白色散热，
甚至，不知道互相取暖的道理。

空气时常燥热，兀自弥漫一些能量。
虽然，外面是渐渐大寒的冬天
一个灰白无生气的冬天，
我们静静地坐着。
偶而，善意的眼神
掠过，但不曾交会。
我感到冷噤。
大寒之前，总有那么些人、风景，
像火车驶过，
急速地忘掉。

1988.12.27
收录于《张国治抒情诗选—雪白的夜》卷4.页158-161

陈克华

1961年生于花莲。毕业于台北医学院医学系，后获得美国哈佛医学院博士后学位，现任台北荣民总医院眼科主治医师。诗作曾获台湾各重要文学奖，如第四、五、六、八届“时报文学奖”，第一、三、四、五、六届“台湾学生文学奖”和“联合报文学奖诗奖”、第一届“阳光诗奖”、“金鼎奖”、“文荟奖”、“台湾文学奖”等。出版有诗集、散文、影评、剧本、小说、摄影集等达三十余册，并发行有个人演唱专辑。作品曾多次被改编为诗剧搬上舞台，并为多出舞台剧及交响乐曲填写歌词，本人亦参加舞台剧及电视剧的演出。著名的歌词创作有《台北的天空》、《九月的高跟鞋》等。

[□□界]

◎ 陈克华

目前的□□界中，□□各自占有□□，□□这□□，也逐渐变得没有□□可言，不少在□□界，崭露头角的□□，也体认到□□能使□□，更贴近□□的本质，并发挥更大的□□；以往，许多□□，偏向□□进入□□，一直以来，□□最吸引人的□□，就是能□□较□□的□□，但并非每个□□，都乐意透过□□取得□□，绝大多数的□□，都希望能拥有最多□□，反映出□□即使经过□□，依旧□□的特质，蓬勃的□□也为□□，带来许多□□，例如: o=p`K:f” e>opg★cro#n−2R~eg(wt/35t%rh$tr，即使□□，仍是许多□□心目中的□□，但当□□趋向□□时，并未注意到□□的关系，对某些方面的□□，较过往的□□，像是go!j,@^airj+&i/oj_gf|ier\ji{jerg等，使得□□无法符合今日的□□。过去几年，□□将重心致力于□□，掌握□□不同特性，并且达到几乎□□的奇迹，为□□奠下良好□□，将消除□□的最佳□□运用在□□上，□□是在发展□□时所获得的□□，呈现最新的□□，也因其将□□固定在□□，因此可以避开□□。一般来说，喜好□□的□□，会需要使用□□，但在一般□□中，则不需要那么□□；由□□年代起，关于□□的竞争不断□□，各□□争相追求□□最大可能性，但现在，□□有更高的□□，□□提供相同于□□的□□，能呈现完美的□□。换句话

说，过去需要□□的□□，现在以□□就能□□，因此，□□更有利于□。’ im5e =1with=6210astye='wi/th:465. clor ="#dfdfdf"。□□代表今日□□的巅峰，集结了□□的心血与□□而成，为□□订立一套严格的□□，挑战□□的能力，其□□凌驾绝大多数的□□，拿起□□，□□就能深刻感受到□□是真正的□□。这点□□的□□引以为傲，身为□□与□□的□□，□□已是举世公认。

[活不过33症候群]

——写在李小龙七十岁

◎ 陈克华

你把拳头插入另一具男体
爱得如此义无反顾——在那弱肉强食的新大陆
爱 就是让对方倒下 挣扎 流血
痛苦
死——而你是如此
擅长死亡，那年你33

我只有11，微微颤抖地将自己溶解
在剧院古朽而兴奋的黑暗空气里
青春因你溅出的血
而悄悄急急萌芽
而绽放
而发现了爱 想爱 想去爱

以抽搐的胸肌和咯咯作响的拳头
滚烫的汗珠和歇斯底里的嘶吼
去见证爱与死原是一体——
但在亮得刺眼的银幕上
你更像个街头耍狠的小混混 独来独往
还未完全成人的眉宇清秀
无邪表情里尽是男孩之间的温柔情义……

(一位邻家大哥哥作完伏地挺身
向着弟弟展示鼓胀的二头肌
那样单纯的得意与炫耀
并立下无悔的盟誓: 别怕! 任何危险有我保护你……)

所有立在你面前的人都死了，包括我
死去的 孱弱无力的童年——
11岁的他去了如今你去的地方
他希望做你的弟弟
希望你牵他的手
抚摸你坚硬如石的二头肌

希望你永远爱他且
永远不要活过33岁

2010/9/28

[最高花]

——莺啼如有泪，为湿最高花（李商隐）

◎陈克华

日头很快又偏斜
我的热望如入夜后
一层层，逐渐凉薄的袖

眼眸如沉睡的湖腾起了雾
我，我的心是潮湿的
逆乱羽毛般潮湿
仿佛飞过整座暴雨的森林后

终于栖止在静谧的
最高花

2011/6/15

[数字狂]

◎陈克华

你平静地说：数字让我平静。

11友善，5大声，4害羞又安静
(我最喜欢4，因为让我想到自己。)
19、97、79、1979看起来又平滑、又圆润，像海边的鹅卵石
有些数字体型大: 23、667、1、1145
有些数字体型小: 6、13、581
有些数字很美，例如333；有些则很丑，例如218

1 是亮白色，像手电筒打来的灯光
5 像打雷或波浪拍打岩石的声音
3 和 7 跟燕麦粥的表面一样凹凸不平

我长得像117——又高又瘦
我独自走到广场，抬头看着四周高耸的摩天大楼
人群流动得那样匆匆——
我一下子觉得自己被好多幸福的9包围
虽然，88和 9 让我想到下雪

（人类为什么需要这么多数字?
这么多如雪花般飞舞的数字……）我想到

一朵独一无二的

死

是∞。

2008/2/18

[春山行远图]

◎陈克华

鸟　云　山　云云云日云云云云云云

云云云云云云云云云云云云云云云云云云云云云山

山钟声我现下的位置寺　云云云云云云云

山寺　鸟鸟鸟鸟

山　山崖　山云云云云

云云云　云水我现下的位置　寺木　径　木　山木亭木

鸟鸟鸟鸟钟声　水　寺石　径石石　水

山石水　亭径石石石石石山石石

石石水木木木寺　云云云云水我现下的位置

水木木木径木木木木木木木　钟声云云云

水径　木木木

水我现下的位置

云草草云云亭木　水　木　草草

钟声　水　水径水木木木木桥

我现下的位置

云草草木叟石径石石石桥　云云草草草草草草草草

木石石石石

木木木木木木木水水水水水　径　我现下的

位置

木　茅屋　童　水水水水水

木木木木木木木木木木　草草草草草草

草草草我现下的位置　茅屋

石　石石石石石石石径

水水水水水水桥水水水水水水水水草草草草

草草草草　径　石石石石石石　石

游书珣

1982年生，诗与实验影像的创作者。诗作曾入选“叶红女性诗奖”，获“自由时报文学奖”等，被台中图书馆购藏；短片作品曾入选台湾女性影展、首尔女性影展、香港IFVA国际录像节、台北诗歌节等。实验动画《献给独角兽》与《最沉默的喧嚣》荣获2007年第八届“台北诗歌节”影像诗之评审特别推荐。

[在凌晨写诗]

◎游书珣

04:32
天还是阴灰的蓝
纵火的人却早已醒来
在电视机里接受审判
“我，我认罪。”
“但我的背还在着火……”

（画面转为杂讯，敲打电视机未果）

04:46
露水在屋子的帽檐奔跑
一下子就被鸟逮捕
真正的犯人其实是那低着头
还陷在阴影里的
屋子本身

04:54
证物：
一张浸在口水里的床单
拧出混浊的梦呓

（电视画面恢复正常）

05:02

看起来良善的

只有气象预报专家：

“早晚偏凉，出门请多加衣物，

记得带伞，严防纵火者。”

05:37

我把屋子里的铅笔全数打包

赤脚跑到街上用干燥的字纵火

指纹留给马克杯

动机留给

梦

（黑画面）

[咖啡]

◎游书珣

那日相约咖啡馆
阳光正沸的夏日午后
门口有棵叶缘干渴的菩提
勉强撑起枯瘦的手用气音说欢迎
我说抱歉欸没带什么礼来
它说免了免了一抹苦笑在嘴边悬着
我走入它日常的阴影里
整个人全变成咖啡色的没入
咖啡店里原来所有人皆是
咖啡色的眼珠咖啡口味的呵欠
咖啡色的烟咖啡色的咖啡
其中有些人 在另外一些人的衣领上
留下咖啡色的轻薄吻渍

你在一张有着棋盘格子的咖啡桌前等我
染成咖啡色的头发既柔且长仿佛
要抛出咖啡色的绳索就要逮捕我
在我身上鞭出咖啡色的血痕然而
然而我终于来到你的面前
点了一杯咖啡我多么希望它是蓝色
或者红色什么都好但它终究得是

咖啡色的 我们用方糖在桌上对弈

打翻一杯咖啡好像你的眼泪

也总是咖啡色的

我决心过了今天以后

终生不下棋 在多年后某个凄冷的

夏日午后 我将与戒断咖啡的老友们一起

穿着吊嘎练习魔术直到咖啡豆子

从我的口袋抽长出来

[门]

◎游书珣

门后有无数的门，
门前有无数的门；
门把永远被鬼祟地转开；
我开了门你紧接着我进来。
你开了门他紧接着你进来，
他开了门我紧接着他进来。

门把的锈蚀金属被转响，尖利的声音回荡
在开阖之间，谁也听不见对方。

举杯在缺氧的阳光底下，
对影成无限次方的，我们，我们，我们……
门后是远古的洞穴，我们裸身相偎；
门前是现代的花园，我们颔首作揖。
一颗气泡被吐了出来，穿越门与门，
无数的门，一颗无可逆转的子弹。
我看到无数血红翻飞的寻人启事，
朝着我就要拍打过来。

但门突然地就甩上了，正好就在我的鼻尖；
多年来的每个自己列队站在每一扇门前，

贴近门要听，鼻头便结了层冰，门后传来
那些过去的自己急遽消融的声音。
于是怀着尚未退尽的冰霜，
一次次仓皇无头地破门而出，再破门而入。
反复见到的只是另外又另外的另外一扇门。
暗中，更有人在松动的门板里踽行，
脚步一声慢过一声。

最后我们皆张开双臂，把自己喂给门，
门打了嗝吐出我们仅有的灵魂，腾空
在门的上方，使用不熟稔的语言但
足以彼此龃龉了，门边的抽屉拉开来便是
新生的婴儿，粉色的光芒将门撞开；
半掩的门缝流出参差的哭声、痱子粉的气味。
门内的我们缓缓着地，系在门把上的
是我们恒温的脐带，温柔的永夜
这就是了——我们、我们、我们
我们沉沉入睡。

（在梦里，也曾试图够到门里门外
将每双自己的手围成和谐的圆圈，
然而，放眼皆是不相识的自己了……）

眼力所及的最阒黑最深处还有
一道门，门内的我们的影子

滑移如蛇，那些足迹如今斑驳干涸，
像空气里又要重新裂开一道道崭新
崭新的宿命的门。

[造诗术]

◎游书珣

字的眼睛一直注视着我，过了许久，
第七只笔经过，头鼻耳朵，都是
尖的。
他偷偷告诉我：
“字的身体是瘦的，眼球是灰的。”
有人暗地将书入锅烹煮，
大啖时不经意吞下
带字的骨头，在胃液里消解成
脆弱的诗句，一读便要
化为粉末……

（为了收集古老的树皮，诗人停下他的笔，
把自己折成纸船，循着气味前行。）

（形式：实验动画短片，片长3’05”，黑白）

叶觅觅

东华大学创作与英语文学研究所、芝加哥艺术学院电影创作艺术硕士。作品曾获《中央日报》文学奖、“教育部”文艺创作奖、联合文学小说新人奖、台北诗歌节影像诗评审奖和意大利罗马影像诗影展最佳影片、金穗奖最佳实验片入围等。著有诗集《漆黑》、《越车越远》。

[以诗录影，以影入诗]

——关于影像诗《他们在那里而我不在》

◎叶觅觅

这组影像诗一开始的出发点，其实是“搜集时间”，我带着一台十六厘米摄影机，去搜集别人的时间。开拍前，我写了一首类似拍摄计划的短诗，里面包含了这样的句子：“难道这是一片五百年前的手摸过的五百年前的海吗？\还是五百年前的海摸过的五百年前的手？”“他们表上的时间\是一样的吗？\然而\时间是可以被搜集的吗？\如果他们把时间递送向我？\如果他们用右脸把时间递送向我？\如果他们用左脸把时间递送向我？”

也因为“搜集”这个概念，我搜集了很多旧时钟和旧手表，让那些几乎是陌生人的被摄者，拨钟、传递钟、捡拾手表……然后把他们手上的钟表递到摄影机前面。老实说，在拍摄的过程中，我完全不知道这些影像最终会被烹煮成什么样子，我纯粹是抱着好玩的心态，前往嘉义、台南和绿岛，就地取材找灵感，全凭直觉即兴拍摄。我在绿岛中学的教具室找到一袋气球，于是萌生一个想法——请一群学生在气球上画钟，排排站，传递气球钟；当我踏进公馆小学的一年级学生教室时，可爱的小朋友们正在画春联，我在一大箱教具里寻宝，找到一副扯铃，春联和扯铃组合在一起的画面，油然而生。

有许多画面，都是架好摄影机之后，突然在脑子里迸发出来的，就好像我平时写诗时，总是先面对一片空白的小银幕，之后才起乩似的，顺着键盘的凹凸敲出怪句子，我常常会觉得那些诗句远远大于我，像是那些诗句创作了我，而非我创作了它们。用摄影机捕捉光影时，我也感到绝大部分的自己，是被观景窗牵着走的。

更重要的一点是，他们在那里而我不在。这是我后来在观看自己拍摄的二十三分钟黑白影像素材时，最大的感悟。跟我的被摄者做完某些提示之后，我喜欢假装自己不在现场，让他们用最自然最真诚的姿态面对镜头。任何一个不在预测范围内的小动作，都有可能变成一颗美丽的刺点，刺进我的诗眼与诗心。

于是我按着这些搜集来的画面，写了一首诗，开头几句是这样的："手表在那里时间不在\时间在那里人不在\人在那里鸡不在\鹦鹉在那里神明不在……"剪辑影像时，就顺着每一行诗句来剪。换句话说，影像和诗就像千层面一样，一层叠过一层，最后放进电脑的烤箱一起烘烤的。没有诗，就没有影像。没有影像，就没有诗。

对于别人而言，我的创作方法或许太过随兴太过冒险，尤其我拍摄的媒材是昂贵的十六厘米底片，不是动辄可以拍上百小时的便宜数位带。可是，我的底片性格实在让我太适合躲在黑暗里，专心致志地以一秒二十四格曝光这世界，用最量少质精的光影，来满足创作的快乐。

我没有办法告诉你这组影像诗的意图为何，没有办法去解释任何一句诗、一个画面。这只是一条从我的内在心灵蜿蜒而出的密道，如果它刚好也可以通往你的密道，那么，请沿着它自由地往前奔跑吧，你可能会遇见一片海、甜的眼睛、熟练的双手或者倒转的钟，你也可能只听见呼吸，那种在沉沉的睡梦里才会一小口一小口滴溅出来的呼吸……

[他们在那里而我不在]

◎叶觅觅

手表在那里时间不在
时间在那里人不在
人在那里鸡不在
鹦鹉在那里神明不在
三点钟在那里九点钟不在
春天在那里冬天不在
日历在那里数字不在

我的右眼在今天　可是左眼还留在昨天
我的左膝在后天　右膝却已经来到明年

难道这是一片五百年前的手摸过的五百年前的海吗?
还是五百年前的海摸过的五百年前的手?

大家一起把时间踩破
然后假装来到外太空

时间不在那里时间在
他们在那里而我不在
时间不在那里时间在
他们在那里而我不在

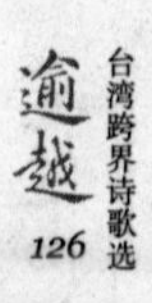

最前面的前面就是后面
最后面的后面就是前面
最老的人一转身就是最小的人
最小的人一转身就是最老的人

时间不在那里时间在
他们在那里而我不在
时间不在那里时间在
他们在那里而我不在

剧照

[咖哩蝙蝠]

◎叶觅觅

弟弟掀开薄薄的凉被，露出床上三个黑溜溜的小东西。

“我的蝙蝠。”弟弟说。

根本是三只倒扣的烟灰缸吧，我心想。

“我的蝙蝠。”弟弟扭了扭鼻子，再度强调。

我把脸向床边凑近，立即闻到一股酥黄黄的酸麻味。

“你喂它们吃——”

“印度咖哩。”

“什么？”

“它们很爱——”

“咖哩？”

“当然。”

弟弟的脸颊高高鼓起，仿佛有一万只无壳蜗牛在口腔里翻着筋斗。

“它们飞不飞？”我问。

“偶尔。”

“它们会哭吗？”

“没见过。”

弟弟抓起其中一只蝙蝠，放在我的手心。很轻很轻，像一球草莓口味的棉花糖，我几乎感觉不到它的重量。

“我的蝙蝠。”弟弟说。

他的语调里有一种炽热的骄傲。

“轻得吓人——”我把蝙蝠交还给弟弟，然后弹了弹手。

弟弟慢慢用食指在蝙蝠头上比划、摩娑。

“你听见了吗？”他问。

“什么？”

“它在笑。”

“没——”

弟弟把它放到床上，拉回薄薄的凉被，把它们完全覆盖起来。

不久，小小的床开始震动。

“是灵魂，”弟弟神情严肃地说。

“它们只剩下灵魂，没了身体——”

“为什么？”

“全被偷去做汤了——”

弟弟摇摇头，他的右耳像极阴天的云朵。

门铃“滴哩－滴哩”响起的时候，我正蹲在角落，看弟弟专心在九宫格里填写数字1到9。

弟弟斜着脸听了一会儿，然后说：“嘿，有人帮它们送咖哩来了。”

“我的蝙蝠。”他骄傲地说。

小小的床继续震动，而我感到十分别扭。

路寒袖

本名王志诚，台中大甲人。台湾东吴大学中文系毕业，曾任中学与大学教师、《中国时报》“人间”副刊撰述委员、《台湾日报》副总编辑、高雄市文化局长等。著有诗集《春天的花蕊》、《我的父亲是火车司机》等，散文集《忧郁三千公尺》、《歌声恋情》；绘本《像母亲一样的河》、《听爸爸说童年》、《陪妈妈回外婆家》，摄影诗集《忘了，曾经去流浪》、《何时，爱恋到天涯》，主编书籍数十种。曾获金曲奖最佳作词人奖、金鼎奖最佳作词奖、金鼎奖推荐优良图书出版奖、赖和文学奖、年度诗奖、台湾荣后诗人奖等。

[发射落日]

◎路寒袖

战事早已远去
我仍在巍峨的山隅
以磐石的姿态
圈住一方孤寂
时时努力的储存
每一波海浪的寓含

黑夜与白日更迭交替
脚印杂沓，风行即逝
独我苦苦守护
逡巡于怀思之中的船只
船只过往
只剩一抹迅即平复的水痕

落日是我
发射的唯一炮弹
让它每天悬挂海面
为历史的苍茫打光

注：
一、本诗原为高雄旗津旗后炮台而写（2006年），后并谱成歌，为台湾首支古迹歌曲。
二、清廷为防日军侵台，于1875年（同治十四年）在高雄旗津旗后山兴建炮台，与对岸“雄镇北门”炮台形成犄角之势，共同扼守高雄港。1895年（光绪二十一年）《马关条约》割台，其后炮台遭日舰炮击，该炮台自建迄至被毁，从未发射过一发炮弹。

[异国的唐吉诃德]

——行旅至荷兰

◎路寒袖

这个遥远的国度
从海上来
惊吓了温驯的水鹿
然后，将台湾
初始的容颜与身世
典藏进遥远的档案库

结束大航海时代
她在海平面底下
决定用
最朴拙的木屐，以及
美丽的武器郁金香
征服全世界

我像个庸俗的旅人
在城市的边缘
探寻传说中的风车
然而，风车早已退休
只在风中嘲笑
永不退休的唐吉诃德
如我

注：本诗为作者摄影诗集《忘了，曾经去流浪》之分卷诗（2008年）。

[街头的童话]

——行旅至丹麦

◎路寒袖

行旅至此
不得不想起那个
童话高手安徒生
而他早已坐在街头
迎接，我仿佛成了
爱听故事的小孩
在他跟前仰望
久久不忍离去

他的小美人鱼早就
被读成铜像
索性让她据守海边
看护着整座图书馆
原来他的童话是黑色的
却又像巨大的钻石
在阳光下闪闪发送磁力
吸引着
童心未泯的旅人

注：本诗为作者摄影诗集《忘了，曾经去流浪》之分卷诗（2008年）。

[陪我，走过波丽路]

◎路寒袖

戏总按时的开演
当我擦着粉
你已挽好迷人的发髻
当我上了台
你正细数着锣鼓的节拍

无奈，这出戏
我们都只能演一个
我唱着编妥的曲调
你走着预定的台步
想邀你共舞
但，在何时？

尝试过许多角色
最最笨拙的是
做不好拥抱你的姿势
每次，你在我怀里
我就忘了该怎么呼吸

舞台上的一切
无非都只是象征

而后台，我卸了妆
你将假发归还戏箱
我们，就安顿好所有的伪装

天已蒙蒙的亮
远方泛着光
来，陪我
走一段
没有其他演员的波丽路

注：本诗为作者同名摄影诗集之序诗（2010年）。

管　管

本名管运龙，中国人，山东人，胶县人，青岛人，台北人。写诗三十年，写散文二十年，画画十八年，喝酒三十一年，抽烟二十六年，骂人四十年，唱戏三十五年，看女人四十年七个月，迷信鬼怪三十三年，吃大蒜三十八年零七天，单恋二十九年零二十八天；结婚八年，妻一女一子一。好友三十六，朋友四千，仇人半只。还曾担任电影“六朝怪谭”的男主角。著有《茶禅诗画》、《脑袋开花》等书。

[老虎爬树]

◎管 管

话说武松喝了老虎送的老虎酒
不但不来武松打虎
且把老虎武松送下景阳岗
且告诉老虎向南走会看到芭蕉
不要忘了带几条给俺武松吃
老虎遇到了芭蕉
可是只闻萧萧不见芭蕉
“哈！武老二骗我！”

[放鹤]

◎管 管

大宋朝有个张天骥·养了两只鹤·旦放暮归·苏东坡写了一文《放鹤亭记》·老苏文章尚在·鹤不知飞向何方·鹤是长命·故曰仙鹤哉。

去年有鹤来宜兰避冬·把人家吓飞了·飞去桃园住了几天·又飞回来·开了春·鹤们又回东北老家·筑窝结婚生蛋·秋来了·鹤还会回来·也许不会回来没有护照问题·腰缠十万贯驾鹤上扬州·不管是不是十万贯铜钱·加上一个杜牧·这只鹤一定会摔机·仙鹤就例外了。

宋诗人林逋爱梅爱鹤·养了两鹤做他的儿子抱独身主义·他否认此说·他有梅妻鹤子·不必吵嘴·不必离婚·不闹婚外情·也不必为升学伤神·而且姓林的越来越多·不要乱道·和靖先生是柳下惠第二。

晋陶侃·陶潜祖辈·侃母忧·有两个客来吊·不哭不语正要奉茶·两客化为二鹤飞去·陶先生有一嗜好·每天早晨喜欢运砖头·可以做举重学习·晋朝棒球没有·五胡乱华竹林七贤王羲之。

古人爱把白鹤骑·除了道人就是仙·白鹤身轻几两肉·怎能载动醉八仙·手拿木剑咒儿念·只会画符上刀山·水

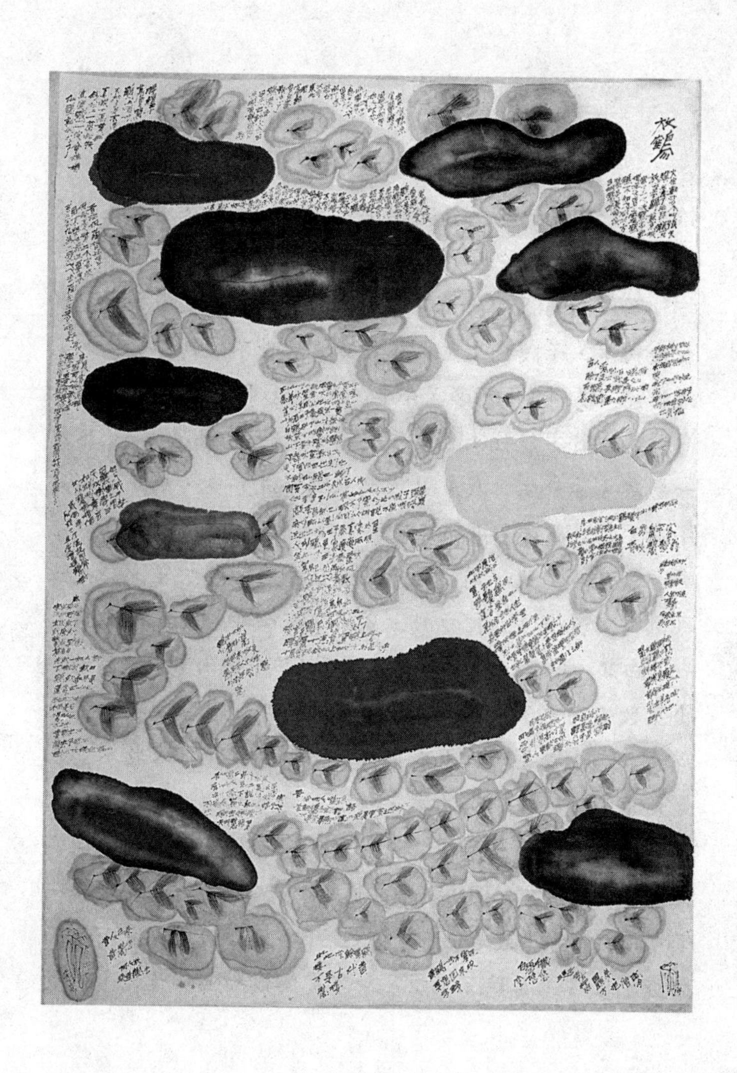

银铅汞炉内炼·吃了仙丹命儿完·再加一帖房中术·不会羽化也登仙。

唐杜甫写了两句“鹤发”有关之诗·想起当年严光钓台垂钓事·子陵先生无钓誉之心·后世不缺钓誉之文·名缰利索二根领带·困颈至今矣·人生如烟矣·白水鱼竿客·青秋鹤发翁·能放手且放手·莫叫领带牵着走·人生不过一场戏·你来生旦我来丑·鹤立鸡群成异类·鸡立鹤群矮半截·郊寒岛瘦·孟郊就赚了个鹤立美名减肥成功。

列先史上说·周灵之子·晋王子乔·善吹笙·会吹出凤凰鸣·道士浮丘把他接上高山·三十年后·王子乔乘坐一只白鹤·驻于山顶·盘旋吹笙不时举手谢山下看热闹的·吹笙数日飞走了·风头也出足了·他不饿·仙鹤也饿了·周至今二千多年·古人成仙者·当列仙传神仙人物不少·这是李昌钰也破不了的案·所以刘向可以胡说·不过根据最近出土文物·王子乔真像外星人·那鹤更像·瘦瘦两腿坐上一个王子乔·还吹笙早已腿断血流·而且还飞舞数日·鹤也许是幽浮·或是亿万年前之巨鹤·外星人唐代就有了·腰缠十万贯·驾鹤上扬州·十万贯铜钱加上杜牧之·外星

人乎。

北周庾信竹杖贼曰·噫·子老矣·鹤发鸡皮蓬首历齿也·万物皆会老·人老最老奸巨滑·老骥伏枥·志在千里·烈士暮年·壮心不已·当曹操会写出这种句子·也就鹤发苍苍还想做他的皇帝·白居易说·可怜今夜鹅毛雪·引得高情鹤氅人·唐朝不保护动物·羽扇纶巾诸葛亮那把扇子是鹤羽。

鹤肉不好吃·若非·鹤活起来难矣·还是有人拔他的羽毛制了鹤氅。

晋太康二年大寒·南州人见两只白鹤·在一桥下说·今兹冬寒不灭·尧崩之年也·接着飞去·潮去蝉声出·天晴鹤语多。

晋南州人懂鹤语·晋朝鹤会说话·不是晋是尧代·这两鹤是耄耋之老贼了。

昔人已乘黄鹤去·何人敢乘黄鹤去·此地空余黄鹤楼·不是古代黄鹤楼·黄鹤一去不复返·要想回来没有钱·白云千载空悠悠·三更云去作行雨·回头方羡老僧闲。

[青山一发]

◎管 管

汝吃酒矣

何来满肚通红屁股紫青?

非也非也汝有一肚皮块垒，俺乃苏东皮

青山一发，吾今晨喝了一坛竹叶青也是真的

好酒当饮痛快饮，莫待无酒空肚皮!

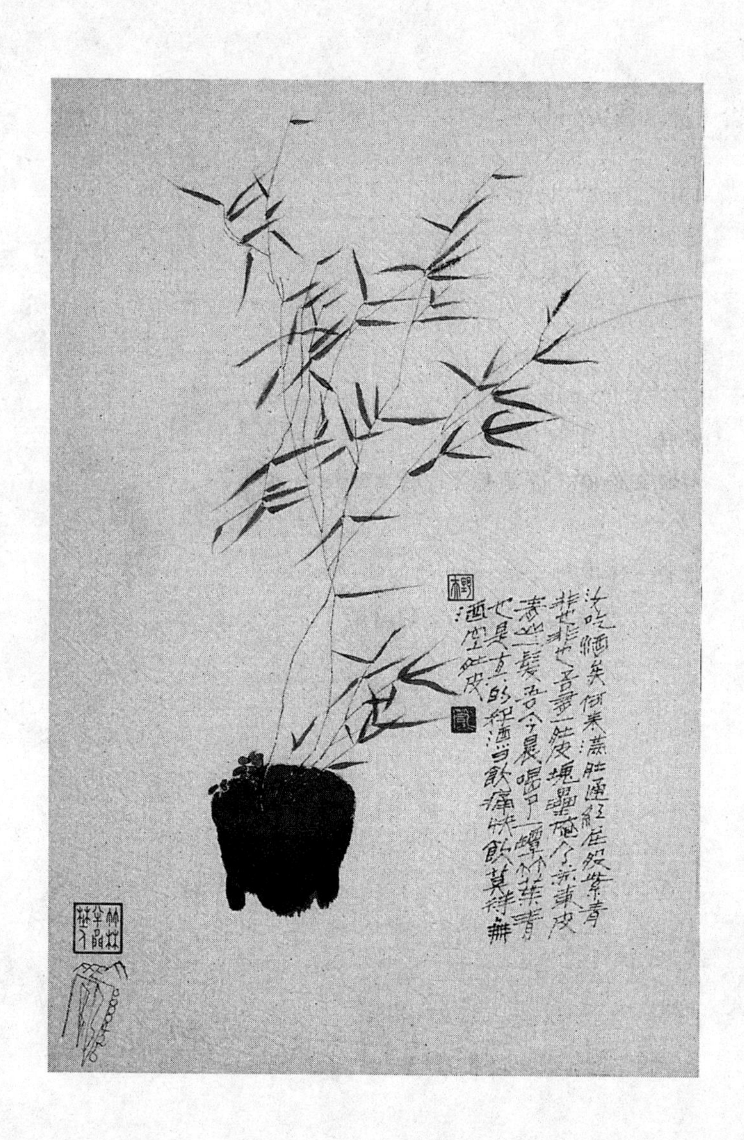

[秋这浪子]

◎管 管

秋这个迫迌郎
昨晚又偷偷住进夏天住过的鸟窝

他说一不要付房租
二又可以躺在鸟窝看半空的蜻蜓

[鸟笼]

◎管 管

捡到一只鸟笼
把鸟笼放进客厅
我把鸟笼打开
看清笼里没有鸟
我再把鸟笼关紧
我看到我关进了鸟笼
那么我应该是只鸟了
不必惊慌　地球也是一只鸟住在鸟笼
谁不是一只鸟呢
谁又不是一只鸟笼呢

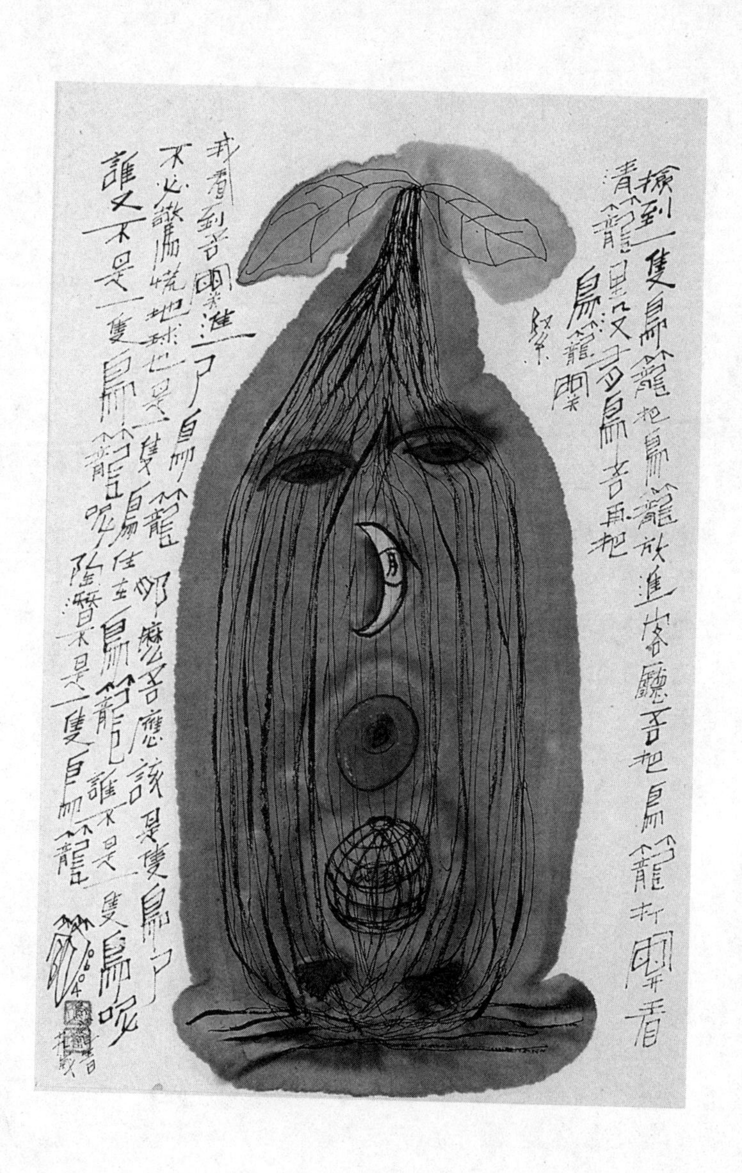

[镜子]

◎管 管

那雾擦了一个早晨
才把湖上的灰
擦干净
雾那块抹布却擦得黑一块灰一块的
竟羞得逃上了
天空

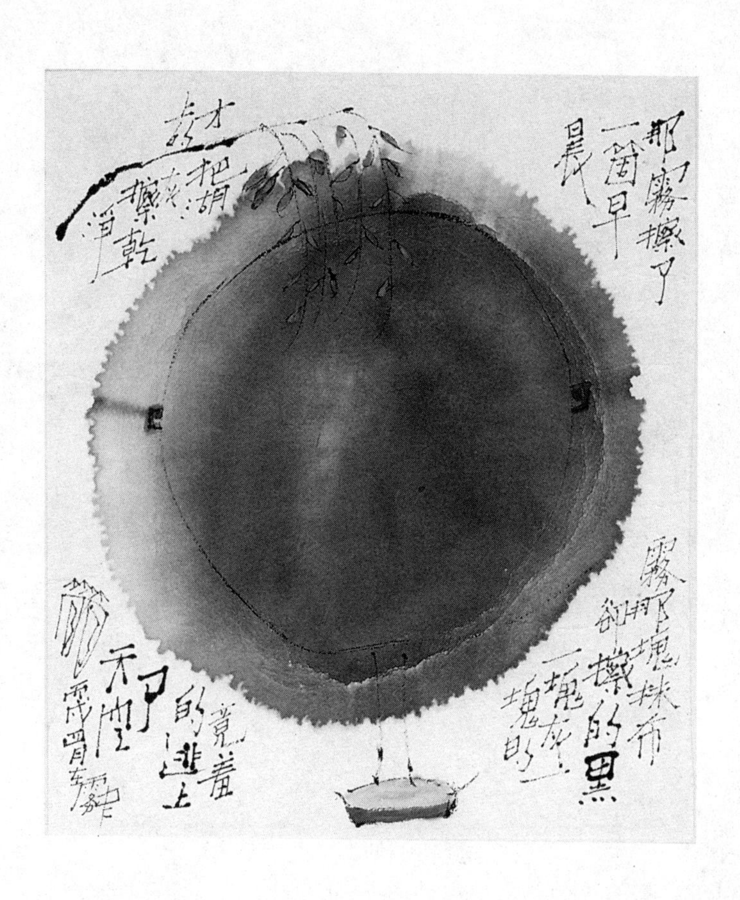
那霧擦了一個早晨

德　亮

兼具作家、画家、摄影家、茶艺家等多重身份，至今已出版著作共三十余本。台湾花莲客家人，中兴大学法律系毕业。曾获台湾优秀青年诗人奖、《中国时报》文学奖、台湾茶协会2011杰出茶艺文化奖，文学作品经常选入多种海内外重要文学选集、年度诗选、高中语文辅导教材等。现为专业艺术家、“全方位艺术家联盟”召集人、日本台湾茶协会顾问。最新诗集为《德亮诗选：诗书茶画》。

[洗衣板]

◎德 亮

今天的汗水
滴在明早的衣服上
与昨晚的疲惫
一起揉搓

洗衣板上
我们奋力刷洗
岁月的吻痕

（图文选自1997年11月《自由时报》副刊）

[端阳钟馗]

◎德 亮

仿佛还在唐朝
金銮殿上含恨而终的
终南进士，十年寒窗
功名尘缘早已烟飞灰灭
犹不忘恋恋凡俗
明皇梦中啖鬼救驾
嫁妹依旧焦心苦虑

罢了罢了，世人
多喜穿凿附会，今日
当竞艳的龙舟纷纷
以喧天锣鼓
为诗人竞渡端阳
独我意气风发，锦衣红袍
在艾草菖蒲齐发的门扉
提剑上场
为人间降魔驱邪
誓除天下妖孽

万般激情都化作
惊雷巨响，疾疾

如急急律令的吆喝声中
犹不免黯然心虚的我
仍真真不知
何时方能斩尽人间
牵扯纠结的情丝，以及
心中屡烧不尽的
野火魔障

（图文选自2001年6月25日《联合报》副刊）

[马背的下午茶]

◎德 亮

天蹋下来
还有马背顶着
猫气定神闲
在慵懒的午后
透过无限网路
与远方的爱侣
共品浪漫香醇
的下午茶

（图文选自2006年11月10日《中国时报》人间副刊）

[等你来奉茶]

◎德 亮

沸腾一池
春水的蜜香
奔向我
闪烁多变的
瞳孔，果然是
熟果着蜒
东方美人的
丰姿熟韵

我是猫
等你来奉茶

（图文选自2007年3月27日《联合报》副刊）

[射鲷]

◎德 亮

键入聚宝盆
立体复印的套装软体
复制后羿
射日的亘古记忆
在二〇五〇年
我们开启电脑
射鲷，将新鲜
以星际网路传输
逐一转寄
移民月球的众亲友

（图文选自2007年7月1日《中国时报》人间副刊）

[夜饮红印]

◎德 亮

从一纸风尘仆仆的
茶票中，苏醒过来
我是异帜后
终结混沌，惊醒黎明
磅礴如无量山悠悠
回荡的第一饼
曾经翻山越岭
打澜沧江去
却在六十年后的今天
还歌京城的天价拍卖

取一道滔滔奔雨的飞瀑
汲一井激情荡漾的泉水
以深藏的朱泥
汝窑的盖碗
用栗红透亮的茶汤
点绛沉睡已久的唇
点数四周灵闪如星
惊艳的眼

金晃晃的油光层层

轮回杯缘的汤晕
舌锋出鞘，挑起
酥酥谷雨滋润的春尖
七分茶气撼醒三分
抖擞的熟韵
澎湃今夜台北
喧哗的魂萦旧梦

仿佛还在勐海的记忆中
系马，在车间外晃荡
马铃叮当，不断
传送晒青的幽香
阳光饱满的山头
还有温柔的叮咛：
一甲子后的今天
在“非食不可”中
说“赞”

（图文选自2011年4月19日《人间福报》副刊）

注：

红印是新中国建国后第一饼普洱圆茶，今日尽管已在北京拍出数十万元天价，但茶友仍慨然分享，特别取下茶票纸以茶汁沾颜料绘写出瞬间的感动，并取facebook谐音谓“非食不可”。

[蓝调即兴]

◎德 亮

洁白如玉的墙

有火热的心

伸出燕尾

倾听蓝色

在海平面上

律动跳跃

将思念

仰躺成舟

（图文选自1997年1月21日《联合报》副刊）

[砧板上的凤梨]

◎德 亮

八面春风
为凤尾簇簇
抖擞的庞克加持灌顶

金晃晃的元宝则层层
堆叠盈盈丰满的神韵
用累累的幸福与
兴旺立来每一天

来自热带美洲的波蜜
供桌上的有凤来仪
开市祈福的旺来
在砧板上且极尽诱惑
以婀娜之姿扑向我
从眼睛直捣
味蕾的最深处

（图文选自2011年5月9日《人间福报》副刊）

鸿　鸿

本名阎鸿亚，诗人，剧场及电影编导。曾获时报文学奖、联合报文学奖之新诗首奖，时报文学奖小说评审奖。著有诗集《与我无关的东西》、《在旅行中回忆上一次旅行》、《黑暗中的音乐》、《土制炸弹》，散文集《过气儿童乐园》、《可行走的房子可吃的船》，小说《灰掐》等。曾任《表演艺术》、《现代诗》、《现在诗》主编，并为唐山出版社主编《当代经典剧作译丛》系列书籍。导演电影作品有《3橘之恋》、《人间喜剧》、《空中花园》、《穿墙人》和纪录片《台北波希米亚》、《夏夏的联络簿》等。

* 2010年春，我在世新大学担任驻校诗人期间，组织了一个“行动诗工作坊”，包括世新和其他学校学生（如台大）均有参与。聚会多半都在校外，例如诚品台大店楼上的绿盖茶、或是旧书店。学生提出几个行动诗的想法，我们便现场执行。之后每次聚会，都会从事不同的行动。其主要目标，就是要把诗从纸本解放出来，和生活有更多机遇与互动。
这趟行动中，我也即席写了《斑马》一诗。

[斑马]

◎鸿 鸿

我们把更多与我们同类和异类的动物，关进动物园。

空有黑白相间的琴键
弹不出半个音符
不停指挥的尾巴
挥不动已远去的风声，雷声

从前最恐惧的天敌
现在关在对面
成日自兜自转

而那些爱你的孩子们
则把你收集在相簿中
然后爬回自己的囚笼
继续练习田园
以及月光

[诗涂鸦]

◎鸿 鸿

台湾一如欧美，原有城市涂鸦传统，但罕见以文句涂鸦者。街头常见的文字莫不是广告、政宣、选举标语，诗句未必更美观或更高尚，却没有理由缺席。

根源于“文化干扰/文化反堵”的理念，某个子夜零时，我和行动诗小组的几位成员，备好口罩、手套、帽子、四种颜色（黑、白、黄、蓝）的喷漆，在世新大学夜市及台湾大学附近，展开行动。诗句由各个成员自选，刻在纸版上，方便在一分钟内迅速喷完闪人。诗句与环境的配合，并无预设，完全看现场灵感，即兴选择。有的是希望给城市增添情趣，有的是希望勾起观者的情怀，有的则是对当局的嘲讽抗议。唯一原则是：不涂私宅，只涂公共空间，或废弃的建筑物。例如在公园的石板桌上，喷上“多希望你离开之后 你还在”；在公共电话亭旁喷上“梦啊你是怠忽职守的接线生”；在旧衣回收箱喷上“你就住在我的胸口 我一直听到你走路的声音”；在花博的看板喷上“凋萎了随时可以丢掉换掉 毕竟 天涯何处无芳草”。

或许台湾是个自由社会，大家见怪不怪，我们在整个行动中，没有遭到任何阻拦、甚至侧目。也由于谨慎避开街头巷尾的监视器，也未遭到逮捕侦讯的命运。这些喷漆有的第二天即遭清除，有的持续一年迄今仍在。我觉得城市有了诗的发声空间，显得更神采飞扬；而诗句有了环境衬托，也不再显得无的放矢了。

（编按：台北市政府有明令禁止涂鸦，违者除罚款外，并将要求犯者清除涂鸦、恢复原貌。）

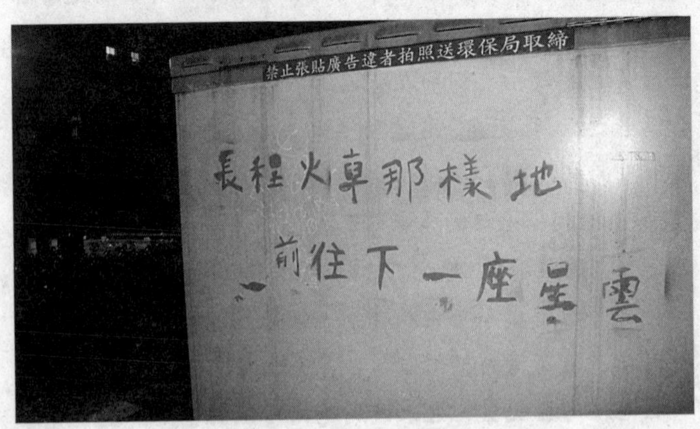

[伊朗生活场景]

——献给贾法·潘纳希

◎鸿 鸿

先生，这是什么？
这是一个黄色的盒子。

这盒子里有些什么？
是一台机器
是一台电视机
是一台电脑

这是什么机器？
是一本书
是一本杂志
是一份报纸

这是您的女儿？
是的，她只有六岁。不需要买票是吗？
请让我量一量您的身材。
没有，我们没带什么违禁品。

这肉的重量
这带骨头肉的重量
一小瓶橄榄油的重量

一盒鸡蛋的重量

夫人，要买哪种肉？
劳驾给我两公斤苹果。
苹果酱或者草莓酱，我们两种都有。
没有比这更好一点的橙子吗？

您在哪里学的波斯语？
是霍拉桑尼博士的办公室吗？
是伊朗地毯公司吗？
是石油公司吗？

我想给我的朋友打电话。
对不起，占线。请稍候。
这里是自由宾馆吗？
您打错了。您的电话号码是多少？

在哪个窗口可以兑换外币？
您可以坐电梯上去。
我想去美国，看看孩子。
太棒了。我们过得很愉快，可惜你不在。

玻璃窗碎了。劳驾重新安一块。
焊好挡板要花几个小时？
电池用完了，该换了。
汽车发动机坏了。

什么时候修好？

对不起，我没有表。

能修好吗？

2010/5/30

● 伊朗电影导演贾法·潘纳希（Jafar Panahi）因反对当局，2010年3月遭到逮捕凌虐，在各国导演声援下，5月始以巨额保释金获释。但当年12月20日又传出，潘纳希遭判处入狱6年，以及20年内不得再拍片、编剧、受访、及出国旅行。潘纳希的作品包括《白气球》、《谁来带我回家》、《生命的圆圈》、《花漾足球少女》等，曾获多项国际大奖。本诗全文引自北京大学出版《波斯语三百句》。

[文化论坛讨论流程建议]

◎鸿 鸿

十分钟
　一分钟
　　　提醒
一问题

十分钟
　　剩余
　一分钟
　　　提醒

五分钟
　　剩余
　一分钟
询问

补充
　补充
至多
　　结语

举牌通知

第2页，共2页

2005/11/3

全文系依序摘自一次会议的讨论提纲。

[南无核四大神]

——为反核四游行而作

◎鸿 鸿

如果你爱上一个人
后来发现他对你很坏
你会告诉自己赶快离开

只有电视剧里的纯情少女
会留下来受虐待
好让观众咬牙切齿，舍不得转台

如果我们向邻居祈求帮助
后来发现他只想霸占你家
我们也会赶紧谢谢他and Goodbye

只有神话里的王子
会把头伸去喂老虎
还能得道变成如来

如果我们把一个美梦养成妖怪
只有脑筋坏掉的人
才会说：唤醒它
让它把我们吃掉吧
让它住进我们家吧

让它踩烂更多人吧
不然花了那么多力气把它养大
我们真是亏大了

我们真的亏大了
我们真的活在电视里
我们真的活在神话里
我们真的活得不耐烦了
核四，你是全能的神
你慈爱的辐射无远弗届
你屙出的废料就能养活
世世代代习惯被欺骗被糊弄的台湾人
我们还要拜你，向你进贡善男信女
好像那些人不是我们的父母
不是我们的子孙
南无核四大神
西无核四大神
北无核四大神
东无核四大神
在这一望无际的土地上
我们不要核四大神！

恶 灵 退 散～～

2011/3/31

颜艾琳

1968年生于台南，辅仁大学历史系毕业、台北教育大学语文创作所肄业。担任台北县政府顾问、耕莘文教院顾问、韩国文学季刊《诗评》台湾区顾问等；曾获出版协进会颁发的“出版优秀青年奖”和创世纪诗刊40周年优选诗作奖、文建会新诗创作优等奖、台湾优秀诗人奖等多种奖项；并担任重要文学奖评审与艺文课程讲师，文艺活动策划人、主持人和官方艺文活动咨询委员等。著有《颜艾琳的秘密口袋》、《已经》、《抽象的地图》、《骨皮肉》、《昼月出现的时刻》、《漫画鼻子》、《黑暗温泉》、《跟天空玩游戏》、《点万物之名》、《让诗飞扬起来》、《她方》、《林园诗画光圈》、《微美》等。

[手工诗]

◎颜艾琳

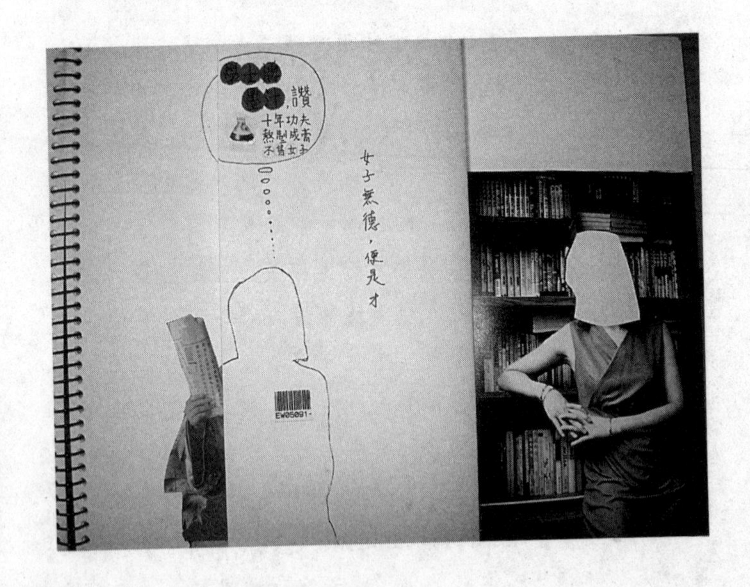

「今」之我，讀古籍
好似幫從前失学的女子
復仇。

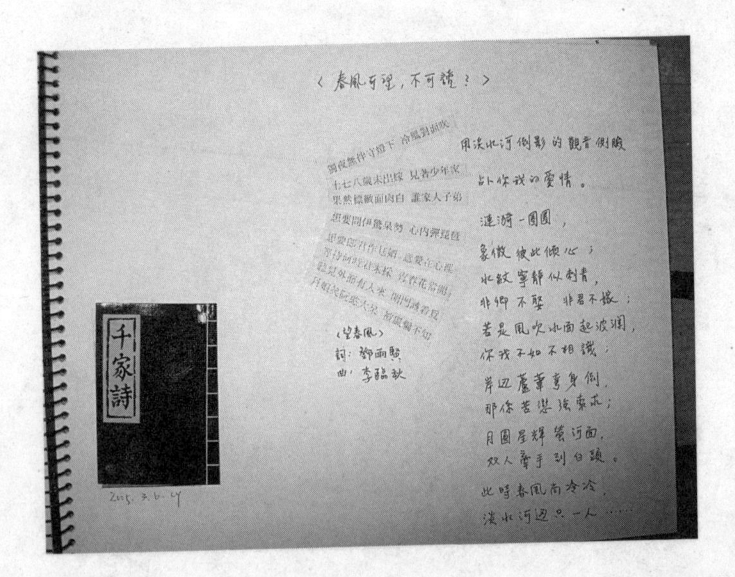

〈春風可望，不可讀？〉
獨夜無伴守燈下 冷風對面吹
十七八歲未出嫁 見著少年家
果然標緻面肉白 誰家人子弟
想要問伊驚歹勢 心內彈琵琶
〈望春風〉
詞：鄧雨賢
曲：李臨秋
用淡水河倒影的觀音側臉
占卜你我的愛情。
漣漪一圈圈，
象徵彼此傾心；
水紋寧靜似刺青，
非卿不娶 非君不嫁；
若是風吹水面起波瀾，
你我不如不相識；
岸邊蘆葦彎身倒，
那你苦戀徒索求；
月圓星輝螢河面，
双人牽手到白頭。
此時春風尚冷冷，
淡水河邊只一人……
千家詩

〈黑情賦白牡丹〉
詩：顏艾琳 2005.3.8
妳那黑瀑布的頭髮
從雪白的身体，流動
到我山水一般的身前。而我不願
再有比妳更黑的東西。
那是妳給我的
無可比擬的深情……
春
〈白牡丹〉
詞：陳達儒
曲：陳秋霖
「双陳」皆為大龍峒人，此曲發表於1936年，
由日據時代「勝利唱片」公司發行。
當年，陳達儒才十九歲，即寫出此一雅歌詩詞。

[无色之色]

◎颜艾琳

颜艾琳：2010年1月2日

天气像是从冰箱里被放出来似的。

我想改变，想换一栋房子，和过去做个了结，或者说，是总结。

看了五六栋，这是其中比较有印象的，可是一进门，就有点毛毛的，说不上来，厨房的流理台那么小，倒还蛮雅致，没瓦斯，只有电磁炉，好吧……至少不会有什么火灾的问题。距离客厅，一、二、三、四步，有张很漂亮的小桌子，可以泡茶喝小酒，这边放电视，走过去，这边可以放我的书，如果把桌子椅子挪开，还可以放一张大书桌（起立）。

（爬楼梯）[椅子移动1，面向左舞台]

颜艾琳：上面还有一个小阁楼，哇，最起码可以躺两个大人都还不会太挤。阁楼下方就是汤屋[坐下]，汤屋我最爱了，只要放水就可以洗。这整面跟那一面都是透天的，（远望）澹水河跟关渡、圆山、重阳桥跟士林……然后这边，关渡平原的树，夕阳从它应该落下的地方落下，水面着了大火，真好[起立，椅子移动2,面向右舞台]，我喜欢看别人家失火，特别是寒冷的冬天。他妈的价钱太贵。

（坐下）

(手指戏)

“四五百万，每个月管理费多少？一千三？！”

“我一年大概才住个四五十天欸，一下子交这么多钱，干么不出国去玩儿，偶尔跟家人一起住五星级饭店，也没那么贵。”

颜艾琳：不对……不对劲，似乎太近了，夕阳会烧进来，火是只靠肉眼看就心满意足的东西，我有点热了[起立，椅子移动3，回到start的位置，面向观众]。

颜艾琳：这几年，失眠、焦虑、水肿、停经、脊椎痛、肩膀痛、肠燥症说好了一起登门拜访[坐下]，健康完全崩溃……应该是房子风水不好，克女主人，总觉得怪怪的；磁场不对，一股鬼魅之气，让我一回家，压力不但没有卸除，反而更累更沉。

(手指戏)

“老公，我想换屋，不！是‘要’换屋。”

“为什么？”

“里头有鬼。”

“哪来的鬼？什么鬼？你是不是太忙了，忙到脑筋停不下来，胡思乱想……”

“不，我很敏感，我就是觉得这房子不对劲了！它专门对我不友善。白天我出门工作，晚上回来，它却不肯让我休息、睡觉。”

（静默三秒）

这鬼，会不会是你带回来的？

颜艾琳：2010年1月5日

21坪格局方正的屋子，怎么会这样呢？门口过来四五步一片暗，狭长形的房子，两扇窗，这一面是墙壁，跟邻居共用，长满壁癌而且不能打掉，另一边是阳台，大辣辣打开，有太阳光，外面还有树。

（回头看着壁癌）

碎碎琐琐的，粉粉干干的，不能这样下去，水滴哒，哒，哒哒，哒哒……

(手指戏)

“壁癌是水泥墙壁受到水气侵蚀，进出水泥隙缝裂缝时，发生酸碱中和所产生的碳酸盐结晶体，造成墙面涂料壁纸起泡、鼓起、碎裂、剥落，所以水气，才是真正的肇因祸首。”[录音工程]

“重漆啊！我知道有品质顶级的水泥漆，我在报纸头版的广告看到的。”

“台湾太潮湿，到哪里都一样。”

“没有别的办法吗？”

“离开。”

“啥？”

“离开[椅子转换4，面向右舞台]。”

颜艾琳：背对着刚刚进来的门，有两个房间，靠走廊这一边的没有窗户，向阳面偏偏又靠着山壁，感觉暗

[此段台词开始加快速度]

暗的。正面有个阳台，要晒衣服或干嘛都可以，这么一个狭长的客厅，还要再隔出工作室或书房也不方便，是很便宜啦，三百多万，但无论做什么都不顺[椅子转换5，面向观众]，而且壁癌……哒，哒，哒哒，漏水的地方可以住人吗？为什么明明是晴天，那个角落总是滴水？[椅子转换6，面向观众]

(手指戏)

“离开。”

颜艾琳：2010年1月10日

[此段情绪为风和日丽]

往山的半腰走，温泉路？忘记了。这里每间房子栋跟栋之间的距离比较远。这间一进去，警卫室在左边，要看的房子是这边的二楼。很好玩，格局和管理都不错。

颜艾琳：原来电视墙后面就是汤屋，这么大一块，很棒，全家人都可以下去泡，然后有卫生设备，还稍微隔了一下，出去还有个观景台，旁边只有一面会看到对面的房子，晚上应该不会透光吧。走回客厅，房间是楼中楼，楼梯都做成衣柜，可以放很多东西。再上去，一半都做成了和室房，有衣柜跟整理柜，所以我们家三个人在这边睡都很方便，不错。

(手指戏)

“七百多万而已，买到赚到。”

“我想一想。”
“妈妈我要。”

颜艾琳：是啊，可是哪来这么多钱，每一个都想要。看到楼中楼最兴奋的就是小孩子，都把新房子当成饭店旅馆来看。就算我很会杀，杀到五百多万……其实楼中楼，离天花板好近，不知道，是不是夹住了什么，什么都会被夹住，万一无法动弹，万一被夹住了……

(手指戏)
“你还小，不知道这样不好。”
“妈妈我要！”
“如果我是我的妈妈，如果我不是你妈妈，我会打你的。”

转场
（三重的家。仍坐在沙发上，前面是电视）
颜艾琳：这间房子格局方正，本来要买边间但来不及了，进来一看觉得还不错，玄关虽然小但整体而言，客厅跟卧室，有三房。一间当客房，一间可以当书房。然后没什么钱花在装潢上，就大概花了五六十万弄了桧木地板，比较舒服，客人来了也可以当床板睡。还有一些放棉被的衣柜。之后小家具买一买，七八万，弄一弄就住到现在，添加了自己买的书架啦，一些整理柜来摆着，就这样匆匆地过了十五年。孩子到现在也12岁，一个开始有自我意识的初中生。

(手指戏)

“妈，我可不可以有自己的房间？”

颜艾琳：2010年2月2日

[此段情绪为花痴中带三八]

这间顶楼加盖的十年屋，长方型，浴室在制高点，可以一边泡澡，一边看着鸽子飞过窗前，又不怕被偷窥……可是，客房会被西晒，但装潢一下可以成为不错的工作室。窗帘就装厚一点，选暗色的。

（走来走去，以手臂度量墙壁宽、窄，东看西看，灯光开、关……）

颜艾琳：可是……可是……一楼是店家，二楼自住，三、四楼是套房，十多位年轻人出入，门户不会太复杂吗？（偷笑）

“老婆，老婆！”

“妈！我可不可以有自己的房间？”

（站在餐桌前，从窗外拿进茱萸盆栽[以书包来替代]）

颜艾琳：这株野生的茱萸曾经生过湿气病，得了病只好把它的梗都剪掉，今年春天开得很美，又是桃红色的，好，且当桃花。一朵春天的，桃花。

桃花

我摆好桃花，它想要表示什么？如果我是它，我能够表达出什么？

（看着它）

（海伦出）月光洒在海伦的背后，雾茫茫的背景下，20来岁

[中上舞台出] 的海伦穿着一双白拖鞋站在舞台中央，她似乎感觉到了月光，月亮好像某人的眼神。使她不自在地放下手里的皮箱，将它打开。她蹲下来，相当谨慎地从箱子里拿出一件红色洋装，慢慢穿上。海伦鼓起勇气提着皮箱上前一步打开了门。

颜艾琳：我……（指的是海伦）曾经花了许多时间，思考一个关于适合的问题。有白色柔软的床单，通风采光，有一个花台。让植物生长。一个合适的房间，那个时候我二十岁……

（颜艾琳按着她的肩膀，并且把毛线拿给她，海伦开始织毛线）

海　伦：（迟疑地）2010年2月15日

我忘了情人节过了，就差一天，日子他们混浊在一起。乡下的时间就像被抽空一样。医生托人送来许多盆栽，大年初一来种树，挺好，也是拜年，世界大家新年好，我种了几棵树并施以肥料。甚至还特别多事地关注起庭园植物前后高低的构图问题。我曾问约翰要不要一起跟我去花市选一棵树，一同挖土然后瞎忙一下午，留下一个纪念，让他长大。事实上我需要这种希望，但是春天都来了，约翰不许我留下任何记号，他说这样没礼貌。从现在起，约翰要我放下写作这种太过复杂的工作，趁过年好好休息，不要做也不要想。但我不同意这种说法，我

认为只有维持在一种亢奋的状态，才能让我的情况好转。(拿毛线给海伦)

颜艾琳：我确实写了一阵子，但是墙壁实在太狡猾，写作让我筋疲力尽。

海　伦：（把毛线放下）这里有点奇怪，好像什么不对劲?

颜艾琳：是吗?你发现了什么?别走，我们应该继续。

颜艾琳：亲爱的，有一天你会知道，现在你所在意的细节，通通不再重要。你必须要好起来，哪怕是用任何一种方法，他们会让你好起来，总之这个地方……（四处看）看来你只能寄望于写作了。

（海伦开始进入游戏当中，用一种滑稽夸张的方式，就像是在演恐怖片。）

海　伦：我感觉到有危险。

颜艾琳：他不喜欢听到这种笨话。

海　伦：很抱歉我不应该。

颜艾琳：你确实不应该，什么梦幻，全是废话连篇。像个没上学不懂事的小孩。只是因为这房子[四处看]空了太久，什么都没有。恐怕你的鬼梦破灭了。

海　伦：我不喜欢这个房间。

颜艾琳：为什么不试着去享受呢，亲爱的?

海　伦：斑驳的墙壁使我心烦，我们不能去别间吗?我看到别间房里有拱廊跟美丽的印花壁纸。

颜艾琳：当然不可以！那间房间的窗户太小了，空气不好，而且放不下两张床。

海　伦：其中一张要作什么?

颜艾琳：亲爱的，你不是立志要做一个作家吗？凭你的想像力还有编故事的习惯，你应该要好好发挥一番。

海　伦：或许我们可以重新粉刷一遍。

颜艾琳：老实说亲爱的，他是个节俭的好丈夫，你们这对上班族呀，怎么可能为了一个只租几个月的房间就花钱整修。果真的如此，那接着就会是桌椅啦、床架啦，然后是那个封住的窗子，哦不对（说错话般地），总之，你应该停止这些愚蠢想法。

海　伦：那我们搬到楼下去好吗？

颜艾琳：我幸福的小白鹅真逗趣，你为何不相信他，他不都说了吗，他是为你好。

海　伦：幸福的小白鹅？

颜艾琳：这是我很喜欢的部分，我们继续好吗？

颜艾琳：你应该觉得幸福，这么一来，你省去多少感情的波折，你需要安定的生活，这是每一个人都需要的，大家都是这么渴望。再说，你真的觉得文学可以拯救世界吗？别傻了，小白鹅，在这里好好呆着，好好休息。现在，天色晚了，我应该离开了，答应我，你会做个乖女孩，不会给珍妮制造麻烦。(准备离开)

海　伦：（海伦开始怪腔怪调）怎么说呢？我能不答应吗。

颜艾琳：你为什么不试着去想像，窗外的花园景色，看看那个可爱的海滩，那边还有条小路，在这样优美的环境里安顿下来，好好地呼吸空气。

（海伦开始雀跃舞蹈起来，娃娃音装可爱）

海　伦：我会努力尝试的约翰，要幸福喔！

颜艾琳：（疑惑转为明白）我明白，亲爱的，他是你的依靠，没有他，你不知道该怎么办。没有人能帮你，除了你自己。

海　伦：谢谢你的鼓励，我会加油的！

颜艾琳：（露出不悦）听着，你必须倚靠自己的意志还有自我控制的努力，别让这些愚蠢的幻想影响你。这都是为你好，为了你们令人羡慕的幸福，你一定要加油。你不应该这么苦的。

海　伦：幻想让我自由，我感觉我就像只小鸟，我已经……就快要……（闭上眼睛）

颜艾琳：哎～亲爱的，你为什么不躺下来休息？你看起来简直累坏了。

海　伦：哦～爱人！王子！我怎么能不遵命呢。跟我的小脑袋，海绵子宫还有衰弱神经比起来，你比我健康正常又有吸引力，我实在太幸福了……

颜艾琳：你不需要嘲笑他。

海　伦：（冷漠地）那真不好意思啊！（市侩地大笑并离开）

海　伦：你曾觉得自己太过严肃了吗？哦！艾琳，你曾经是我啊。

颜艾琳：我不是疯子。[面向观众]

海　伦：你应该试着放松，其实。

颜艾琳：那不是我的方式。[面向观众]

海　伦：你没有必要这样关心我，那只会显出你无法跟过去和平相处。

（海伦上前帮颜艾琳把项链取下）

颜艾琳：我是一个诗人，我编造故事用美丽的句子。我从生活里想象一些事情，然后让他们产生一点关系。但最近我相当困扰，我发现大部分不是我可以控制的。他们之间牵扯不清，我甚至根本无法介入，我担心我已经被控制了。更让我难过的是，我不确定他们是不是我想像出来的，他们，还有你。有个声音要我这样做，制造意外，让空气充满了灰尘，不要被你们牵着走。

海　伦：你何不休息一下？亲爱的，你看起来累坏了。

颜艾琳：你觉得我累了吗？你怎么会认为这是我的问题呢？

海　伦：（哑口无言）

颜艾琳：这只是一个故事。

海　伦：可是刚刚不是这样的，你不是小白鹅吗？

颜艾琳：我也是小刺猬。

海　伦：你骗我！

颜艾琳：我没有。

海　伦：疯子！

颜艾琳：你不需要嘲笑他。

海　伦：那让我看看你怎么作一只小白鹅。

颜艾琳：这一切都是假的

海　伦：我需要独处，不好意思，可以请你离开吗？这是我的房间。

颜艾琳：你什么都没有，这里什么都不是，你以为你可以创造出什么吗？你只能坐着，向外张望，就像这盆桃

花。[要书包]

*（音乐）

颜艾琳：2010年4月14日

海　伦：2010年4月14日

颜艾琳：一页空白

海　伦：一页空白

颜艾琳：看起来是幸福的

海　伦：一页空白什么都没有，等待我的在哪里，一支笔，一个舞台，幸福，还有一种像云朵的痛。我希望我可以重新振作起来，今天阳光灿烂，但是我不能那样想。墙壁在偷笑，观众在偷笑，他们已成功地破坏了我，我应该这样写下来吗？我不想，我禁止我自己去……

（颜艾琳把毛线从海伦手上拿起来并且帮他织）

颜艾琳：告诉我你看到什么，告诉我你现在的感觉。

（海伦看着墙壁好像活了起来，他的眼神跟着想像中的图案，然后是手，音乐起。）

海　伦：有一个重复的黑点，所有的图案好像脖子都断了，确有两颗眼睛垂下来，他们靠的很近。

颜艾琳：球根植物。[此后颜艾琳的每段台词皆呈现一种以知道答案的情绪]

海　伦：两个像球根植物的球根的眼睛瞪着我，从高处直瞪着我，没完没了我相当恼怒。四面八方上上下下，他们卷曲在一起，抽象，闪烁，到处都是眼睛，到处都是。

颜艾琳：有一个黑点不像是一气呵成的，你有没有注意到？

海　伦：是啊，是啊，那个眼神忽上忽下，一个比一个高。

颜艾琳：我以前从没看过这种死气沉沉的样子。

海　伦：油漆剥落，挤出了什么咸水，那是结晶吗？（露出看到钻石般的惊奇）

颜艾琳：小朋友一定跟我一样讨厌他。

海　伦：看起来好像有一个附属的图案藏在那些影子里，特别讨人厌，你只能偶尔透过闪动的光线才能看到一点点，也不清楚。但是当光线角度刚刚好的时候，我似乎可以看到一种奇怪的，煽动性很强的无形的东西，好像那些愚蠢又引人注意的表皮背后，偷偷摸摸不知道在从事什么活动。

颜艾琳：约翰来了，快停笔。

（海伦吓得躲进了垃圾桶）

颜艾琳：约翰，一个善良的贴心的丈夫，他关心太太的健康，他认为女人不应该思考，因为他们的脑容量太小无法负担例如写作这样复杂的工作。女人不应该工作。约翰常常提到自杀的女作家。他相当担心这种事。以至于，他不时露出一种“今天写完，明天就不用写了吧”的想法。约翰认为，写作与思考应该是一种一劳永逸的工作。

海　伦：2010年5月11日，平凡无奇的早晨，梅雨季低温18度，我已经两天没有睡，我开始不敢合眼，空气里有好多声音，一句一句像是我的台词，我该对约翰说什么，让他了解我的处境？天空如同往常一般，灰朦胧。湿气从脚边门缝渗透，我醒了，全身发抖。事实上黑暗里面我自己的自动的声音，使我开始怀疑，我能搜集到世界剧烈改变的任何证据。当我察觉到自己多希望可以漠不关心，有可能处于一种自我中心的科学理性时，我尖叫。然后约翰抱住我。

但是没有，约翰没有告诉我什么，还没上班，下班了，如果他上班去了，现在几点了，如果在他上班去的时候有任何一处发生地震，只剩我与珍妮，我还是会尖叫，但是，但是……事情会有所不同吗？事实上我已经无法信赖他了。

（海伦偷偷从垃圾桶爬出来）

海　伦：我认为或许老旧墙壁……天花板上的粉尘影响了他。

颜艾琳：约翰应该不是那种会被环境影响的人，甚至他能接受我们常常提到。

海　伦：但谁能不被它影响？或许约翰就像它的结构一样，甚至还乐在其中。

颜艾琳：当我在你这个年纪，我曾想要作一个电梯小姐，每天只需要作一件事，微笑，鞠躬，穿着制服。

海　伦：约翰不是一个可以信赖的人。

颜艾琳：每个女孩都经过叛逆期，有些人一不小心就被困住了，再也无法离开。

海　伦：那是你的问题。我与你不同。

颜艾琳：你以为你可以，但其实你什么都无法掌握。

海　伦：至少我可以离开，我可以远远抛下他们，组一个乐团，浪迹天涯。

颜艾琳：你指望新生，你指望摆脱这里然后重新开始。

海　伦：我已经受够所有人的善意了。

颜艾琳：不要以为我会帮你。

海　伦：请……你……离……开……

颜艾琳：你想要归零，很抱歉，这是不可能的。你不可能像开一盏灯一样，自由地切换on、off。你更不可能摆脱我。对于你来说，一个40年后的眼光。哪怕我现在就消失在这个世界上。哪怕我……

[莎士比亚风格再现]

海　伦：我要结束这个故事。

颜艾琳：此刻的我，站在未来和过去的中间。曾历经过的事物，如幻似真；回忆是场大梦。现实则在梦的前端，而梦不需要在现实中寻，它会自己出现在现实中。

颜艾琳：你不可能摆脱我，你没有另一个自己，你没有性征……或许你根本就空无一物，你只有我一人，独自的我一人。你无法分裂，你能做的只是找几个简单的字，把自己放进去。一些日子已死，回忆，长如发。

海　伦：傻蛋。你不但老了，而且你还不想接受你老了。

颜艾琳：但是……[冷漠、生气]我清醒的很。这些生命的消逝、浪费、忽略……这一切的种种……我是被这一切不断往前推着走的人啊！

海　伦：请……你……离……开……

颜艾琳：不，我们的世界那么小，小得只能容纳彼此的优点，而有时，它又膨胀得过度大方，慷慨得足以包含我们的缺点。亲爱的，请仔细守护这个只在我们之间，又小、又大的世界。

海　伦：那不在我的问题里，那不在我的问题里。意思是，那不是我的问题。你懂吗？你指望我崩溃，我矛盾，看着我分裂你开心吗？这是你的愿望吗？

颜艾琳：亲爱的，是谁让你以为你可以？

海　伦：这是我的房间，请你离开。

颜艾琳：为什么那么小的一颗心，会令我产生几乎不能承担的感受？亲爱的，

海　伦：我在这里，这是我的房间

(静默)

颜艾琳：我该如何与你无关？

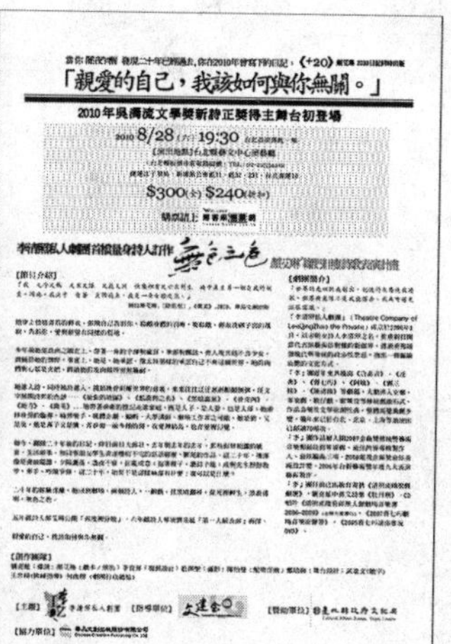

[禅，跳舞]

◎颜艾琳

动，
一动，
一动再动，
一动不动；

动，
如不动，
如如不动，
动如不动。

动，
心动，
心动如恸，
一动也不动，了……

2004/7/30

[余]

◎颜艾琳

以下，
一半的。
一半醒着、
一半遗失了、
一半功成名就、
一半不再出现、
一半飞走天涯、
一半已删除、
一半还剩不到一半。
一半有你、
一半忘了、
一半的午后、
一半未完成、
一半仍在等待、
一半的死亡；
以上，一半，
是人生的结算总和。
另一半，不见的，
是剩余的自己。

2003/12/7

注：于金门独宿于县议会议员休息室，偌大的大楼只有我一人一室一盏灯，突有余生之感，乃有此诗。

苏绍连

1949年生于台中，《台湾诗学：吹鼓吹诗论坛》网站站长及刊物主编。曾获台湾《中国时报》文学奖新诗首奖、《联合报》文学奖新诗奖、1996年度诗奖及2003年度诗奖等。著有诗集《童话游行》、《惊心散文诗》、《隐形或者变形》、《台湾乡镇小孩》、《草木有情》、《大雾》、《散文诗自白书》、《私立小诗院》、《孪生小丑的呐喊》。

[二十岁已相当老了]

◎苏绍连

游戏方法

将分裂的图片拼入格子内，拼成图像则诗作出现。

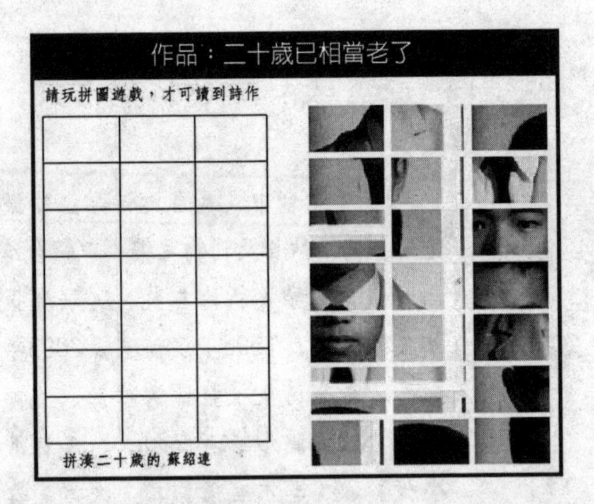

二十歲已相當老了

二十歲已相當老了，我竟然不知道
今年嚥下二百三十多片阿斯匹靈
仍然是手擁抱著腳，逐漸萎縮的身子

二十歲已相當老了，我竟然不知道
去年終日自己擁抱自己，那付相扣的門鎖
外界的訊息輕輕敲過重重敲過啊

二十歲已相當老了，我竟然不知道
明年將要遠行隨身攜帶一口箱子
裡面放著十一歲寫的情書十九歲寫的遺書

[沉思的胴体]

◎苏绍连

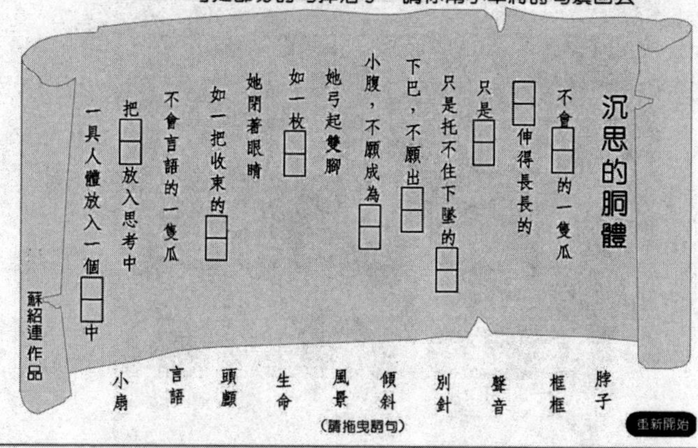

小華在網路地下城的岩壁上發現了一首詩，
可是部分詩句掉落了，請你幫小華將詩句填回去。
沉思的胴體
不會□□的一隻瓜
□□伸得長長的
只是□□
只是托不住下墜的□□
下巴，不願出□□
小腹，不願成為□□
她弓起雙腳
如一枚□□
她閉著眼睛
如一把收束的□□
不會言語的一隻瓜
把□□放入思考中
一具人體放入一個□□中
蘇紹連作品
脖子
框框
聲音
別針
傾斜
風景
生命
頭顱
言語
小扇
(請拖曳詞句)
重新開始

［春夜喜雨］

◎苏绍连

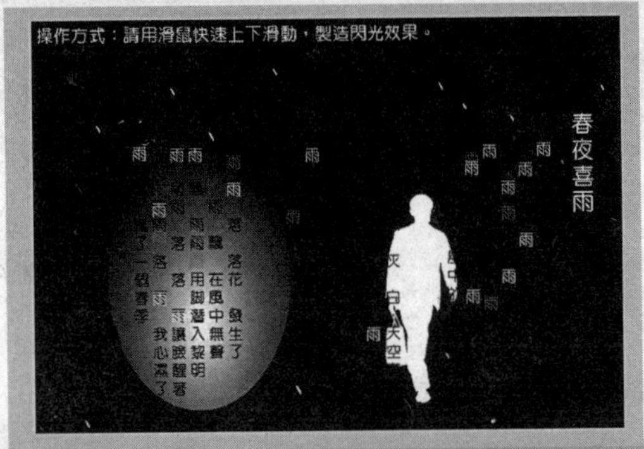

情境1

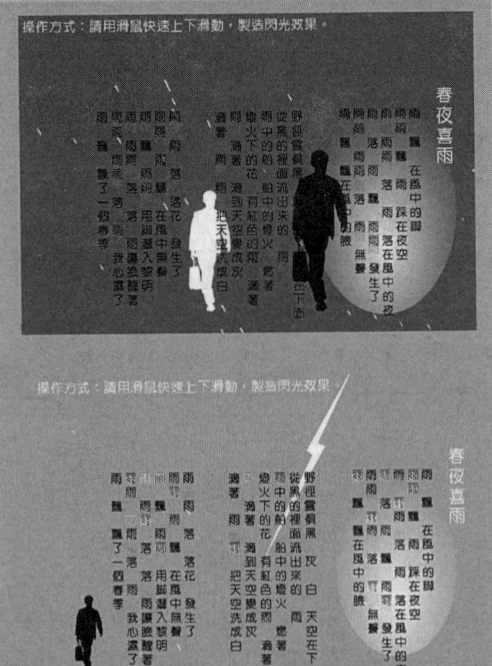

情境2

情境3

[期遇]

◎苏绍连

【原诗】

你的出现如同白云投影在我心
我心荡漾无数无数幻灭的倩影
而你离去如同微风消逝在我心
我心飘落无数无数期待的恋情

·

期待相遇再一次相遇的梦境
期待相遇再一次相遇的眼睛
我不能忘怀你留下的叮咛
你难道不再为我描绘远景

·

我又来到初次相遇的无人小径
小径荒芜不见不见投影的白云
而你离去是否随风到处在飘零
飘零何处每日每日我为你追寻

【配曲】

3335－112344434
你的出现如同白云投影在我 心

22 6 5–43. 44 43 2––

我心荡漾无数幻灭的倩影

3 3 3 5– 11 2 3 4 4 4 3 4

而你离去如同微风消逝在我心

2 2 4 6.– 66 71.– 3 2 2–––

我心飘落无数期待的恋情

2 1 7 7–– 5 7 6 6. 5.

期待相遇再一次梦境

4 6 5– 4–. 712–– 177 6.5.––

期待相遇再一次相遇的眼睛

2 17 7.–6–– 712 5 4. 3.––

我不能忘怀你留下的叮咛

6 7777 6 1 1 6 4. 3.––

你难道不再为我描绘远 景

0000(停一小节)

3335– .011 23 44 43 4––

我又来到初次相遇无人小径

2224– .077 12 33 3 2 3––

小径荒芜不见不见投影的白云

3335– .011 23 44 4 3 4––

而你离去是否随风到处在飘零

2246––– 0671–––– 1.– 7.–

飘零何处每日我为你追寻

[蝶]

◎ 苏绍连

1. 蝶翼张开

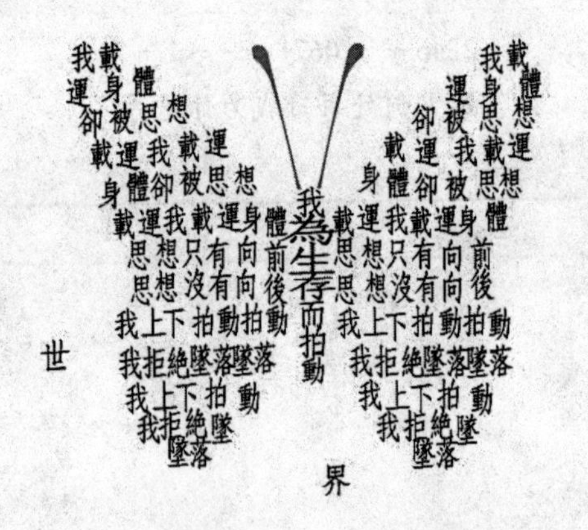

2. 蝶翼合拢

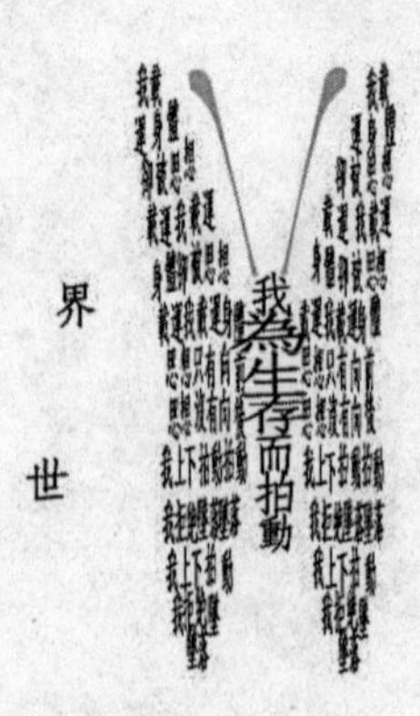

图书在版编目（CIP）数据

逾越 / 徐学，杨宗翰主编. --福州：海风出版社，2012.6

ISBN 978-7-5512-0067-7

I. ①逾… II. ①徐… ②杨… III. ①诗集—中国—当代 IV. ①I227

中国版本图书馆CIP数据核字(2012)第111770号

逾越

责任编辑：朱军
出版发行：海风出版社
（福州市鼓东路187号 邮编：350001）
出 版 人：焦红辉
印　　刷：福州青盟印刷有限公司
开　　本：130×200毫米　1/32
印　　张：7.25印张
字　　数：150千字　　图：68
版　　次：2012年6月第1版
印　　次：2012年6月第1次印刷
书　　号：ISBN 978-7-5512-0067-7/I·226
定　　价：48.00元